四畳半タイムマシンブルース

上田 誠―――［原案］

森見登美彦

上田半

森見

角川書店

四畳半タイムマシンブルース

本書は、上田誠『サマータイムマシン・ブルース』を原案とし、森見登美彦『四畳半神話大系』にもとづき執筆されたオリジナル作品です。

目

次

....

第一章　八月十二日　　　　　5

第二章　八月十一日　　　　102

第三章　ふたたび八月十二日　191

装丁　鈴木久美

装画　中村佑介

第一章　八月十二日

　ここに断言する。いまだかつて有意義な夏を過ごしたことがない、と。

　一般に夏は人間的成長の季節であると言われている。男子ひと夏会わざれば刮目して見よ！

　ひと皮剝けた自分を級友たちに見せびらかす栄光の瞬間を手に入れるためには、綿密な計画、早寝早起き、肉体的鍛錬、学問への精進が不可欠なのである。

　しかし下宿生活三度目の夏、私は焦燥に駆られていた。

　京都の夏、我が四畳半はタクラマカン砂漠のごとき炎熱地獄と化す。生命さえ危ぶまれる過酷な環境のもとにあって、生活リズムは崩壊の一途を辿り、綿密な計画は机上の空論と化し、夏バテが肉体的衰弱と学問的退廃に追い打ちをかける。そんな境遇で人間的成長を成し遂げるなんて、お釈迦様でも不可能である。嗚呼、夢破れて四畳半あり。

大学時代という修業期間も折り返し点を過ぎた。にもかかわらず、私はまだ一度たりとも有意義な夏を過ごしていない。社会は私に対して冷酷に門戸を閉ざすであろう。このまま手をこまねいていたら、社会的有為の人材へと己を鍛え上げていない。このまま手をこまねいていたら、社会は私に対して冷酷に門戸を閉ざすであろう。

起死回生の打開策こそ、文明の利器クーラーであった。

〇

八月十二日の昼下がりのことである。

学生アパートの自室209号室において、私はひとりの男と向かい合っていた。

私が起居しているのは、下鴨泉川町にある下鴨幽水荘という下宿である。入学したばかりの頃、大学生協の紹介でここを訪れたとき、九龍城に迷いこんだのかと思った。今にも倒壊しそうな木造三階建て、見る人をやきもきさせるおんぼろぶりはもはや重要文化財の境地へ到達していると言っても過言でないが、これが焼失しても気にする人は誰もいないであろうことは想像に難くない。

この世で何が不愉快といって、上半身裸で汗まみれの男子大学生がふたり、四畳半で睨み合っている情景ほど不愉快なものはない。

折しも灼熱の太陽が下鴨幽水荘の屋根を焼き、

6

我が209号室の不快指数が頂点を極める刻限であった。

恥も外聞もなく窓とドアを開け放ち、実家から持ってきた骨董的扇風機を動かしても、熱風がぐるぐると渦巻くばかりで、あまりの暑さに意識が朦朧としてくる。目の前にうずくまっている男は実在するのだろうか？　心の清らかな私だけに見える薄汚い蜃気楼ではないのか？

私は手ぬぐいで汗を拭いながら呼びかけた。

「おい、小津」

「……お呼びで？」

「生きているか？」

「どうぞ僕のことなんぞおかまいなく。　もうじき死にますから」

そう応える相手は半ば白目を剥いている。不健康そうな灰白色の顔は汗に濡れてヌラヌラとした煌めきを放ち、あたかも生まれたてホヤホヤのぬらりひょんのごとし。

昼下がりの学生アパートはひっそりと静まり返っていた。朝方にはうるさいほど聞こえていた蝉の声もピタリと止んで、時間の流れが止まったかのような静けさである。帰省している住人も多いし、こんな真夏の昼日中、四畳半に立て籠もる阿呆は少ない。

現在このおんぼろアパートに居残っているのは、小津と私の二人をのぞけば、隣の21

7　　　第一章　八月十二日

0号室で暮らす樋口清太郎という万年学生ぐらいであろう。昨夜は私の部屋でクーラーのお通夜がしめやかにとりおこなわれたのであるが、夜が明ける頃になると、樋口氏は間違いだらけの般若心経をニョロニョロ唱えた後、「心頭滅却すれば四畳半も軽井沢のごとし――喝！」と不可解なことを口走りつつ隣室へ引き揚げ、それきり昼をまわっても姿を見せない。この地獄のような暑さで、よくもグウグウ寝ていられるものだ。

マンゴーのフラペチーノが飲みたいと小津が言うので、湯呑みに塩辛くて生温い麦茶を注いでやった。小津は病気のガマガエルが泥水をすするようにジュルジュル飲んだ。

「ああ、まずい……まずい……」

「黙って飲め」

「江戸時代風のミネラル補給はもうたくさんです」

哀しげに呻く小津を私は無視する。

先ほど「クーラーのお通夜」と私は書いた。なんだそれはと読者諸賢が怪訝に思うのも当然のことであろう。

我々が夜を徹して哀悼の意を表したクーラーこそ、大昔から我が209号室に設置されていたという伝説的クーラーであった。四畳半アパートに似つかわしくないその文明の利器は、明らかに大家に無断で設置工事を施したとおぼしく、かつてこの部屋で暮らした先

8

住民の豪傑ぶりを物語る歴史的遺産であった。そういうわけで、当アパート唯一のクーラーつき四畳半として、この209号室は全住人の羨望の的となってきた。

209号室の噂を初めて耳にしたのは一回生の夏であった。共同炊事場で出会ったブリーフ一丁の古株学生に教えてもらったのである。当時の私にとって、樋口清太郎と名乗るその古株学生から耳打ちされた「クーラーつき四畳半」は、アーサー王が最期を迎えたという伝説の島アヴァロンのごとく、遠い彼方にある幻の地のように思われたものだ。それから二年後、その209号室へ引っ越す栄誉に浴すとは想像もしなかった。

しかし、わざわざ一階から二階へ引っ越したにもかかわらず、私がそのクーラーの恩恵にあずかることができたのは僅か数日間にすぎなかった。

すべての責任は目の前にいる男、小津にある。

○

小津は私と同学年である。工学部で電気電子工学科に所属するにもかかわらず、電気も電子も工学も嫌いである。一回生が終わった時点での取得単位および成績は恐るべき低空飛行であり、果たして大学に在籍している意味があるのかと危ぶまれた。

野菜嫌いで即席ものばかり食べているから、なんだか月の裏側から来た人のような顔色をしていて甚だ不気味だ。

夜道で出会えば、十人中八人が妖怪と間違う。残りの二人は妖怪である。弱者に鞭打ち、強者にへつらい、わがままであり、傲慢であり、怠惰であり、天の邪鬼であり、勉強をせず、誇りのかけらもなく、他人の不幸をおかずにして飯が三杯喰える。およそ誉めるべきところが一つもない。もし彼と出会わなければ、きっと私の魂はもっと清らかであったろう。

「よくも俺の人生を台無しにしてくれたな」

「リモコンにコーラをこぼしただけじゃないですか」

小津はヌルリと顔を拭ってケラケラ笑った。

「きっと明石さんがナントカしてくれますよ」

「少しは反省しろと言ってるんだ」

「どうして僕が反省しなくてはならないんです?」

小津はいかにも心外だというような顔をした。

「これは連帯責任ですよ。ここで映画を撮ろうなんて言いだした明石さんも悪いし、あんなところにリモコンを置いた人も悪いし、飲みかけのコーラを置いた人も悪い。一番悪いのは『これから裸踊りする』なんて宣言したあなたです」

「そんなことを言ったおぼえはないぞ」

「今さら言い逃れはナシですよ。えらく盛り上げてくれたじゃないですか」

そもそもですね、と小津はぺらぺら喋り続けた。

「リモコンにコーラをこぼしたぐらいで操作不能になるなんて設計ミスというべき。にもかかわらず、あなたという人は僕ひとりに責任を押しつけて『反省しろ』なんて無茶を言う……むしろ僕は犠牲者なのです」

このぬらりひょんの言うことにも一理あって、クーラー本体に操作ボタンがないのは不可解であった。もしも明石さんがリモコンの修理に失敗すれば、クーラーを起動させる手段は永遠に失われ、私は残りの夏休みを灼熱の四畳半で過ごすことになる。こんなことになると分かっていたら引っ越したりはしなかった。一階の方がまだしも暑さはマシなのである。

私は立ち上がり、流し台で手ぬぐいを絞って肩にかけた。

「俺は今年こそ有意義な夏を過ごすはずだった。この堕落した生活から脱出して、ひと皮剝けたイイ男になるはずだった。そのためのクーラーだったんだ！」

「いやー、そいつは無理な相談です」

「なんだと？」

第一章　八月十二日

「僕は全力を尽くしてあなたを駄目にしますからね。クーラーなんぞで有意義な学生生活が手に入るものですか。舐めてもらっちゃ困ります」

私はふたたび腰をおろして小津を睨んだ。

「おまえ、面白がっているな?」

「ご想像におまかせします、うひょひょ」

小津と私が出会ったのは一回生の春、妄想鉄道サークル「京福電鉄研究会」であった。あれから二年半、恥ずべき青春のありとあらゆる暗がりに小津という男が立っている。前途有望の学生を不毛の荒野へと導くメフィストフェレス。リモコンにコーラをこぼしたのも計算の内ではあるまいか。なにしろ他人の不幸で飯が三杯喰える男なのである。

私は濡れ手ぬぐいでピシャリと小津を打った。

「かたちだけでも反省してみせろ!」

「僕の辞書に『反省』という単語は載っておりません」

小津はけけけと笑いながら、自分の手ぬぐいで叩き返してきた。「こいつめ」「なんのこれしき」とリズミカルに叩き合っているうちに楽しくなってきた。ひとしきり貧弱な裸体を打ち合っていると、やがて小津は「うひ」と悲鳴を上げて身を丸めた。「おいおい降参か?」と勢いづいてピシピシと叩き続ける私に向かって、小津は両手を上げて「ちょっと

待って、ちょっと休戦」と叫んだ。「お客さんですってば！」

振り向くと、開け放ったドアの向こうに明石さんが立っていた。左肩に大きなバッグを抱え、右手にはラムネの壜を持っている。アサガオの観察に余念のない小学生のごとく、彼女は真摯な眼差しで我々を見つめていた。

「仲良きことは阿呆らしきかな」

彼女はそう呟いて、ラムネをグイと飲んだのである。

○

明石さんは我々の一年後輩にあたる。学内映画サークル「みそぎ」に所属し、そのクールな佇まいとは裏腹に、まったくクールではないポンコツ映画を量産する愛すべき人である。同じ映画サークルに所属する小津によると、サークル内でも明石監督の評価はあやふやであるという。他人が一本撮っている間に三本は撮るというプロフェッショナルな仕事ぶりに対しては誰もが賞賛の言葉を惜しまないが、その作品のポンコツぶりに触れる段になると誰もが慎ましく口をつぐむのである。

そのような周囲のモヤモヤ評価をものともせず、この夏休み、明石さんはポンコツ映画

界に転生した文豪バルザックのごとく撮りまくっていた。昨日も早朝から午後三時すぎまで、このアパートの裏手にある大家さん宅にてポンコツSF時代劇を撮影したばかりである。

明石さんは四畳半の入り口にバッグを置いた。

「何をしていらっしゃったんですか?」

「いや、なんでもないよ」

「僕たち暑さで錯乱しているのですよ、うひょひょ」

「一瞬、なんらかのセクシャルな営みかと思いました。見てはいけないかもと思ったんですが、ドアが開けっ放しでしたから」

「たしかに愛の営みではありますよねえ」

「とりあえず忘れてくれ、明石さん」

「承知しました。忘れます。忘れました」

小津と私があわてて身なりを整えると、明石さんはしずしずと室内に入ってきた。はたして電器店のオヤジは忌まわしいコーラの洗礼からリモコンを復活させることができたのであろうか。固唾を呑んで見守っていると、明石さんは端然と座して「ご愁傷さまです」と合掌した。全身の力が抜けるような気がした。

「やはりダメだったか」

「ひとまずあのリモコンは預けてきましたが、まず無理だろうと言われました。かなり古い型らしくて、まだ使っている人がいるのかと驚かれたぐらいです。いくらなんでも買い換えるべきだと」

「それができれば世話はない」

「ですよね」

小津がふんぞり返って言った。

「まったく明石さん、君には失望しましたよ！」

「おまえは黙ってろ未来永劫」

「小津先輩の仰るとおりです。まことに無念です」

明石さんは充実した夏休みの半日をすでに過ごしてきたらしい。

午前七時に起床して朝日に挨拶、栄養豊富な朝食を摂取してから大学へ出かけ、開館早々の附属図書館で二時間みっちり勉強した後、リモコン修理のために電器店をまわるのみならず、下鴨神社紀ノ森の「納涼古本まつり」に顔を出してきたという。

かくも生産的な半日を明石さんが過ごしている間、いったい我々は何をしていたのか。

蒸し暑い四畳半に半裸であぐらをかき、睨み合って脂汗を生産していたばかりである。無

15　　第一章　八月十二日

益だ。愚行だ。この世の地獄だ。二度と取り戻せない人生のサマータイムが、日なたに置かれたかき氷のように溶けていく。あまりの空しさに言葉もない。

明石さんが少し呆れたように訊いた。

「小津さん、結局ここに泊まられたんですか?」

「明け方までクーラーのお通夜だったんですよ」

小津は得意げに言った。「この部屋はアパートの住人たちの憧れの的だったから、みんなが無言の怒りをぶつけてきたね。僕は平気でしたけど」

「小津さんはヘンタイですから」

「さすが妹弟子、分かっていらっしゃる」

「おかげで俺の人生計画はメチャメチャだ」

「無意味で楽しい毎日じゃないですか。何が不満なんです?」

へらへら笑う小津の首をしめているとき、廊下にピーピーガーガーと雑音が響いた。

この下鴨幽水荘には大家宅と直通のスピーカーがそなえつけられている。各階の廊下のつきあたり、それぞれ物干し台へ出るガラス戸の上にあって、裏手の邸宅で暮らしている老嬢のありがたい御言葉を全住人に告げ知らせるのである。おんぼろスピーカーを通すことによって大家さんの声は天上世界から降ってくるような威厳を帯びるため、その館内放

16

送は昔から「天の声」と呼び習わされてきた。内容は基本的に家賃の督促である。

「樋口君、210号室の樋口清太郎君」

大家さんの厳かな声が廊下に響いた。

「部屋にいるのは分かっています。家賃を払いにきなさい」

しかし隣室の怪人が起きだしてくる気配はない。天の声は空しく数回繰り返されて止み、ふたたびアパートは森閑とした。

「お隣はなんの反応もないぞ」

「起床せざること山のごとしですな」

「師匠はまだお休み中なのですね。さすがです」

にわかには信じがたいことだが、明石さんは小津とともに樋口氏の「弟子」と称しており、昨年末頃からこのアパートへ通ってきていた。

たしかに樋口氏はこのアパートのヌシとして全住人から畏敬の念をもって遇され、大家さんでさえ一目置いている節がある。

しかしながら、この二年半にわたって彼の生態をつぶさに観察してきた私に言わせれば、樋口清太郎という人物は「ボンクラ万年学生」という古色蒼然たる概念の生ける結晶、人生の袋小路への危険きわまる水先案内人にほかならぬ。あんな得体の知れない人物に教え

を乞うて、あたら青春を台無しにしないでくれと思う一方、明石さんがこんな掃き溜めアパートを訪ねてくること自体は歓迎せざるを得ず、ここ半年ほど私はきわめて複雑な思いで見守ってきたのである。

私は湯呑みの麦茶を飲み干して言った。

「いったい樋口さんは何の師匠なんだ?」

「本質をついた質問ですな。じつは僕にも分かりません」

「強いて言うなら『人生の師匠』でしょうか」

小津は「さすが明石さん」と頷く。「ひとり四畳半に籠もってウジウジしているぐらいなら、あなたも弟子になればいいんですよ。京福電鉄研究会を追いだされて暇でしょ? じつを言うと、先日あなたを弟子にするように師匠に進言したら、師匠も快く許してくれました。というわけで、あなたはもうすでに弟子なんです」

「おい、勝手なことをするな」

「いいから、いいから。遠慮しないで」

すると明石さんが私の顔を覗きこんで言った。

「楽しいですよ、先輩。ご一緒にいかがですか?」

その甘美な一言には意志堅固な私も陥落しかけた。

18

もしも樋口氏の弟子になれば、自動的に明石さんが姉弟子となる。あねでし! なんと蠱惑的な響きだろう。このうえなくやわらかいあんころもちのように甘美である。

しかし私は棚ボタ式の姉弟子を求めているわけでも、得体の知れぬ怪人から人生について学びたいのでもない。この無益で怠惰な日々に開き直ることなく、有意義な学生生活を主体的に摑み取りたいのである。そしてひと皮剝けた男となったあかつきには――。

私は明石さんをちらりと見てから言った。

「とにかく弟子入りなんてお断りだ」

小津は大袈裟に「残念だなあ」と溜息をついた。

「弟子入りするなら十六日の五山送り火見物にお招きしようと思ってたんです。秘密の絶景ポイントへ師匠が連れていってくれる貴重な機会なのですぞ。でもいいや。あなたは四畳半で膝を抱えてKBS京都でも見てなさい。明石さん、君は予定を空けておいてね」

「私は行きません」と明石さんは言った。

小津は目を丸くした。

「え? なぜ? どうして?」

「ほかの人と行く約束をしましたから」

「昨日はそんなこと言ってなかったじゃないの。いったい誰と行くの?」

19 　　第一章　八月十二日

「どうしてそんなことを報告しなければならないのですか?」

明石さんはまっすぐに小津を見つめて言い放つ。

さすがの小津にも返す言葉がなかった。じつに痛快であり、ザマーミロというべきであったが、実はそのとき、私もまたひそかに打ちのめされていた。

八月十六日、明石さんは送り火見物へ出かける——いったい誰と?

その横顔を盗み見ると、彼女は信じられないほど涼しげな顔をしていた。あたかも真冬の紀ノ森に佇んでいるかのごとく、その白い頬には汗の雫ひとつ見えない。

「明石さん、暑くないの?」と私は訊いた。

「めちゃんこ暑いです」

彼女はそう言って、ラムネの残りを飲み干した。

○

昨日八月十一日は、朝から新作映画の撮影がおこなわれていた。

「幕末軟弱者列伝 サムライ・ウォーズ」

そのポンコツなタイトルからして、濃厚なポンコツ映画ぶりが透けて見えようというも

20

のだが、原案は小津と私であった。我々が四畳半で繰り広げていた馬鹿話に明石さんが興味を持ち、いつの間にか脚本を書き上げ、「映画にしたい」と言いだしたのである。

ときは幕末、慶応年間である。

ひょんなことで二十一世紀の四畳半からタイムスリップしてきた大学生「銀河進」は、維新の志士たちの隠れ家へ迷いこんでしまう。そこで出会うのは、西郷隆盛、坂本竜馬、高杉晋作、岩倉具視、勝海舟、土方歳三といった幕末維新史における有名人たちだ。

ところが銀河には恐るべき才能があって、自分にかかわった人間をことごとく役立たずの怠け者にしてしまうのである。

彼に感化された幕末の男たちは次から次へと覇気を失い、佐幕派も倒幕派もみるみる瓦解していく。「このままでは未来が変わってしまう!」と慌てるが時すでに遅し、歴史改変の危険性を訴えてまわっても幕末の男たちはアハハと陽気に笑うばかりだ。やがて佐幕派と倒幕派が輪になって、「ええじゃないか」「ええじゃないか」と踊り狂う中、大幅な歴史改変に耐えかねた時空連続体が大崩壊を起こし、無惨にも全宇宙消滅。いと哀れなることなり。

以上、終わり。

脚本に目を通したとき、思わず私は「これでいいの?」と呟いた。

「いいんです」明石さんは力強く頷いた。「これがいいんです」

昨日の朝、下鴨幽水荘にはぞくぞくと学生たちが集まってきた。

明石さんの所属する映画サークル「みそぎ」のメンバーたちである。

その素人映画集団の中にひときわ尊大な態度で振る舞う男がいて、それがサークルのボス・城ヶ崎氏であった。彼は「こんなアパート、人間の住むところじゃない」と舌打ちしながら踏みこんでくると、楽屋として私が提供した２０９号室に我がもの顔で居座るのみならず、ドアを開け放ったままクーラーをガンガン利かせるという暴挙に及んだ。見たことも聞いたこともない勢いで回転する電気メーターが、私の怒りのバロメーターと化したことは言うまでもない。しかも城ヶ崎氏は明石さんの脚本を指さして、その内容のポンコツぶりを声高に指摘し始めたのである。

たしかに正しい主張だった。耳を傾けるべきだった。

しかし、おまえだけには言われたくない。

「原案は俺なんですけどね」と私は言った。映画サークルのメンバーでもないのに撮影の手伝いを買って出たのは、原案者として責任を感じていたからである。

「あ、そう。ふーん」

城ヶ崎氏はこちらを見つめた。

だからどうした、と言わんばかりの態度である。

この時点で城ヶ崎氏と私の対立は決定的なものとなった。

今後はこの人物の足を引っ張ることだけを考えよう、できるかぎり陰湿な方法で——と

りあえず私はクーラーの設定をさりげなく「暖房」に切り替えて自室を出た。

アパート二階の内廊下は、もとから色々なガラクタでごった返しているのだが、そこへスタッフや出演者たちが詰めかけて、今や満員電車のようであった。明石さんは蜜蜂のように飛びまわって衣装チェックや打ち合わせに余念がない。その凛々しい横顔に見惚れていると、２０９号室から「なんで『暖房』になってんだよ！」という城ヶ崎氏の怒声が聞こえてきたので、胸がスッとした。

そのとき２１０号室のドアが開いて、樋口清太郎が顔を見せた。

「やあ、貴君」とこちらへ呼びかけてくる。

樋口氏は長く伸びた髪を後ろで束ね、深緑色の着物姿で懐手していた。映画撮影用の扮装だが、普段アパートで見かける姿と大差ない。砂鉄をまぶした大茄子のごとき顎を撫でまわしつつ、樋口氏は「ニッポンの夜明けぜよ！」と朗らかに言った。

「あなたは坂本竜馬役ですか」

「うむ。弟子の頼みは断れないからな」

樋口氏は懐からモデルガンを取りだした。

「ニッポンの夜明けぜよ！　ニッポンの夜明けぜよ！」

廊下の向こうから顔を真っ白に塗った薄気味悪い人間が近づいてきたと思ったら、それは岩倉具視に扮した小津だった。金ぴかの扇子で口元を隠し、くねくねと卑猥な動きを見せ、「おじゃる」「おじゃる」と実にうるさい。樋口氏がモデルガンの銃口を小津に向けて「夜明けぜよ！」「夜明けぜよ！」と応酬していると、２０９号室から西郷隆盛に扮した城ヶ崎氏が不機嫌そうに姿を見せ、「ごわす」「ごわす」と言い始めた。ぞくぞくと乗りこんでくる学生たちに大家さんは目を丸くしていた。

「あらあら、本格的ですこと」

撮影部隊は庭に面した縁側のある和室に陣取った。

庭の木立の向こうにはアパートの貧相な物干し台が丸見えだったが、それさえ映りこまないように工夫すれば、「維新の志士たちの隠れ家」と言い張れぬこともない。

気になるのは庭の奥に置かれた石像だった。筋肉質の妖怪人間があぐらをかいているような不気味な石像で、H・P・ラヴクラフトの恐怖小説を思わせる。かつてこのあたりにあった沼のヌシ・河童様の像であるという。「大切にしないと祟られますよ」と大家さん

24

に念を押されたので動かすわけにもいかない。

明石さんが石像を眺めながら呟いた。

「なんだか城ヶ崎さんに似てませんか？」

たしかにその筋骨逞しい姿は城ヶ崎によく似ていた。

二十一世紀の四畳半からタイムスリップしてきたボンクラ大学生「銀河進」を演じるのは、映画サークル「みそぎ」の相島という上級生だった。小洒落た眼鏡をかけて気取った細身の男で、明石さんへ話しかけるときの慇懃無礼な猫撫で声が不愉快である。主人公の些末な行動をあげつらい、「これは心理的に納得いかないから演じられない」などとぷつぷつ言う。たまりかねて私は反論した。

相島氏もまた城ヶ崎氏と同じく、脚本のポンコツぶりをしつこく指摘した。

「そんなことばかり言ってたら面白くならないでしょう」

「さっきから不思議に思ってたんだが、いったい君はどこの誰？」

相島氏は眼鏡の奥の目を細めて冷ややかに言う。

「俺は通りすがりの手伝いです」

「べつに君の意見は求めてないんだけどね」

「俺は原案者なんですよ」

25　　　第一章　八月十二日

「あ、そうなの。ふーん」

相島氏はこちらを見つめた。

だからどうした、と言わんばかりの態度である。

城ヶ崎氏といい、相島氏といい、明石さんの目指すものをまったく理解せず、理解しよ
うという素振りさえ見せない。じつに押しつけがましい連中である。

そのように憤りつつ、ふと私は考えこんだ。

――自分も同じ穴の狢ではなかろうか？

私が撮影の手伝いを買って出たのは、自分の適切な助言によって明石さんのポンコツ映
画を改善できると自惚れていたからである。しかし明石さんから「私のポンコツ映画を改
善してください」と頼まれたことが一度でもあったろうか。

明石さんはポンコツ映画をこそ作りたいのである。だとすれば私の為すべきことは、こ
の映画を「改善してやろう」と手ぐすね引いている愚物どもから、この映画の愛すべきポ
ンコツぶりを断固守り抜くことではあるまいか。その戦いを通して彼女との固い絆を育む
ことによってこそ、私は路傍の石ころ的存在から脱却できる。

この方針で行こうと私はひそかに決意した。

「それでは皆さん。始めましょう」

明石さんが縁側に立って撮影開始を宣言した。

結論から言うなら、私のひそかな決意など大して役に立たなかった。

仏国のリュミエール兄弟がシネマトグラフを発明して以来、トラブルひとつなく完成した映画は皆無だろう。浜の真砂は尽きるとも映画にトラブルの種は尽きまじ。西郷隆盛役にあくまで不服な城ヶ崎氏はことあるごとに台詞を書き換えたがり、相島氏は内面の表現にこだわって撮り直しをしつこく要求し、白塗りでのたうちまわる小津は気持ち悪すぎて撮影に堪えず、樋口氏は「ニッポンの夜明けぜよ！」以外の台詞を断固として言わない。

役に入りこみすぎた新撰組の連中は常時ギスギスしており、昼食の弁当をめぐって斬り合いを始める始末であった。音声担当と照明担当が痴情のもつれから喧嘩を始め、大家さんの愛犬ケチャが現場に乱入し、幾多のトラブルに厭気のさしたサークル員が置き手紙を残して姿を消した。戦闘シーンの撮影中、小津が河童様の像を押し倒して大家さんから大目玉を食らった。

それでも明石さんはあの手この手で撮影を続けた。脚本を次々と書き換え、登場人物を入れ替え、撮影順序を入れ替えた。出演者たちを納得させるためなら彼女は嘘をつくことも辞さなかった。リハーサルと言っていたものが本番だったり、本番だと言っていたもの

がリハーサルだったり、「あとで撮り直す」と言いながら撮らなかった。

この映画は崩壊へ向かっているのか、それとも完成へ向かっているのか。関係者の誰にも分からなかった。——ただひとり明石さんをのぞいて。

午後三時すぎ、広い庭で出演者たちがゾンビの群れのように「ええじゃないか」を踊ったあと、明石さんが撮影終了を宣言しても、その言葉を信じる者はいなかった。沈黙があたりを支配した。茫然自失している出演者たちのかたわらで、ケチャがおごそかに脱糞していた。「面白い映画になりそうだ」という樋口氏の言葉が空しく響く。

しばらくして小津が明石さんに訊ねた。

「本当にこれで終わりなの？」

「終わりです。おつかれさまでした」

「なんだかいろいろ端折ってるみたいだけど」

「そんなことないですよ。必要なものはぜんぶ撮れました」

明石さんはあっさりと言った。「あとは編集でなんとかしますから」

本当に映画は完成したのか？

そんなことが可能なのか？

「明石さん」と声をかけようとして、私は口をつぐんだ。

28

彼女はひとり庭に立って明るい空を見上げていた。

その姿はこれまでに見たこともないほど満足そうに見えたのである。

　　　○

「先輩、大丈夫ですか?」

　明石さんの声で私は我に返った。暑さで朦朧としていたらしい。

走馬燈のように脳裏を駆け抜けた昨日のできごとは、総天然色一大スペクタクル映画の

ように私を圧倒した。しかも昨日はそれだけでは終わらなかった。

撮影終了後、私は小津や樋口氏たちと銭湯「オアシス」へ出かけたのだが、アパートへ

戻ってから起こった「コーラ事件」によって、我がクーラーは息の根を止められることに

なった。腐れ大学生活史上もっとも長い一日は、クーラーのお通夜という陰々滅々たる行

事によって幕を下ろしたのである。

「昨日は長い一日だったよ」

「ありがとうございました。おかげさまで無事に撮影も終わりました」

「いつもあんな感じなのか?」

第一章　八月十二日

「あそこまで大がかりなのは初めてですけど、メチャメチャになるのはいつものことですね。でもそのほうがいいんです。へんてこな味わいが出ますから」

明石さんは「どうして?」と怪訝そうに言う。

「もう絶対に完成しないと思っていた」

「とりあえず撮ってしまえば、あとは編集でなんとでもできますよ」

映画を完成させる腕力にかけては明石さんの右に出る者なしですぞ」

小津が誇らしげに言った。「できあがるものはポンコツですけどね」

「おい、ポンコツって言うな」

「だってポンコツなんだもの」

「ポンコツでいいんです。それがいいんです」

明石さんが言い、小津は「それ見なさい」という顔をした。

映画サークル「みそぎ」は毎年、十一月の学園祭期間中に校舎の一室を借り切って「みそぎ映画祭」を開催している。問題は例のいけすかない上回生、城ヶ崎氏である。この「幕末軟弱者列伝」が彼のお気に召すわけがなく、最悪の場合には上映を拒否される可能性もあるという。映画祭のラインナップについては城ヶ崎氏が最終決定権を持ち、ポンコツ映画排除の姿勢を打ち出しているからだ。

30

「羽貫さんに頼めばいいんですよ」と小津が言った。「城ヶ崎さんだって羽貫さんの頼み
は断れませんからね」

羽貫さんというのは近所の窪塚歯科医院に勤める歯科衛生士である。

ときどき樋口氏を訪ねてくるから私も言葉を交わしたことがある。アパートで顔を合わ
すたびに「ぐもーにん」とか「ぐんない」とか陽気に声をかけてくる美人であり、昨日も
撮影が終わる頃になって現場に顔を見せていた。樋口氏・城ヶ崎氏・羽貫さんの三人は古
くからの友人らしい。

明石さんは「そうですね」と少し考えてから言った。

「でもそこまでする必要はないと思います。これまでにもたくさん撮りましたし、これか
らもまだまだ撮りますから。何本も作品があったら、城ヶ崎さんも一本ぐらい見逃してく
れます。すべて却下するわけにもいかないので」

「なるほど、物量作戦か」と私は唸った。

「また良いアイデアがあったらお願いします」

ともあれ明石さんが満足そうなのは喜ばしいことであった。

昨日の撮影終了後、充実した顔つきで明るい空を見上げていた彼女の姿が彷彿とする。

小津と私の駄弁から生まれたストーリーが思いがけなくも役立った。

しかしそのことは私の胸に一抹の哀しみをもたらすのである。

小津や私の無益きわまる駄弁から、(たとえポンコツであろうとも)ひとつの作品を作りだしてしまう人間が目の前にいる。ひるがえって我が身を省みれば、この二年半の学生生活において自分はいったい何を為し遂げたというのか。京福電鉄研究会から追放の憂き目にあったのちは、世をはかなんで四畳半という小天地に立て籠もり、訪ねてくる者といえば小津という半妖怪のみ。咲き乱れる駄弁の花々はなんの実りをもたらすこともなく、むなしく畳表に散っていった。こんなことばかりしていて何になろう。社会的有為の人材へと己を鍛え上げぬかぎり、明石さんの傍らに立つ資格なし。そう思えばこそ、幻の至宝と語り継がれるクーラーを手に入れたというのに――。

私は無念の思いで自室のクーラーを見上げた。

「嗚呼、クーラーよ!」

「あなたも諦めが悪いですね」

「俺はおまえを生涯許さんからな」

「たとえあなたが許さなくたって僕たちの友情は永遠に不滅です」

小津は言った。「我々は運命の黒い糸で結ばれているというわけです」

ドス黒い糸でボンレスハムのようにぐるぐる巻きにされて、暗い水底に沈んでいく男二

32

匹の恐るべき幻影が脳裏に浮かび、私は戦慄した。

明石さんが「仲良しですね」と微笑んだ。

○

小津はともかく、明石さんを極熱の四畳半に座らせるのは忍びない。

そろそろ廊下へ出よう、と私は提案した。

「少しは暑さもマシだろう」

しかし四畳半から廊下へ出たとて、さほど爽やかな景色が広がるわけではない。

廊下の向かい側は当アパートの倉庫室になっているのだが、そこから溢れだしたガラクタが廊下に積み上がっている。毎週通ってくる掃除のおばさんが使う道具類、前の住人が放置していったとおぼしき家財道具、大家さんの私物など……それらはあまりにも渾然一体となって片づけようもないので、大家さんも見て見ぬふりをしているのであろう。初めてこの情景を目にしたときは、何者かが二階の廊下をバリケード封鎖しているのかと思ったほどである。

明石さんは黄色い詰め物のはみだしたソファに腰かけた。

33　　第一章　八月十二日

小津は隣の210号室をノックしている。

「おそようございます、師匠。おそようございます」

やがて内側から樋口清太郎のモゴモゴいう声が聞こえた。

「……心頭」

「シントウ?」

「滅却すれば」

「メッキャクすれば?」

「四畳半も上高地のごとし!」と朗々たる声。

ふたたび210号室は沈黙した。

私は新鮮な空気を求めて物干し台へ出てみた。薄汚れた洗濯物をかいくぐって欄干にもたれると、眼下には敷地内に建て増した簡易シャワー室や物干し竿が見える。裏手のコンクリート塀は大家さん宅の広い庭に接しており、夏木立が午後の陽射しを浴びてギラギラしていた。青々とした芝生に面した縁側はいかにも涼しげで、その下には大家さんの愛犬ケチャが横たわっている。

「おい、ケチャ!」

たわむれに声をかけてやると、ケチャは横着に頭だけをクイッと持ち上げた。しかしど

34

こから呼ばれたのか分からないらしく、しばしキョトンとしたのち、「気のせいか」というように鼻を鳴らして元のとおりペタリと頭を地面につけた。

この愛すべき雑種犬はところかまわず穴を掘ることをライフワークとしている。穴を掘っていないときは、今のようにグウタラと縁の下で昼寝をしているか、己の尻尾を追いかけてクルクル回転している。その暢気そうな姿を見るたびに哲学者ショーペンハウエルの「動物は肉体化された現在である」という名言が頭に浮かび、不毛な四畳半生活によって時間の観念が溶解しつつある自分は、人間というよりもむしろ犬に近いのではないかと思われてきて、「おおい、ケチャ!」と呼びかけたくなるのがつねであった。

愛すべき隣の犬よ!

昨日の映画撮影中、大家さんの家に乗りこんできた大勢の学生たちに興奮したケチャは、いつもよりたくさん穴を掘り、いつもより頻繁に回転し、いつもより気ままに脱糞した。あまりにも縦横無尽に走りまわるため、我々はケチャもエキストラと認めざるを得なかった。「幕末にも犬はいますから」と明石さんは言った。

もう一度、「ケチャ!」と呼びかけてみたが、愛すべき隣の犬はもうピクリとも動かなかった。

物干し台から廊下へ戻ると、明石さんはソファにきちんと腰かけて、膝に置いたノート

パソコンを睨んでいた。小津は廊下に座り、風呂桶に溜めた水道水に足先を浸して恍惚としていた。

「おい、俺の風呂桶を濫用するな」

「ご心配なく」

小津は瞑目したまま言った。

「僕の足は生まれたての赤ちゃんのように清らかなんです」

ムッとしていると、明石さんがノートパソコンで昨日の映像を見せてくれた。

白塗りでくねくねする小津は薄気味悪く、城ヶ崎氏のふて腐れた顔つきからは役柄への不満が見え見えである。あれほど人物の内面に拘っていた相島氏の演技は純然たる棒読み、その他キャストたちも大根役者の亡霊に取り憑かれていたとしか思えない。

「これはひどい。じつにひどい」

小津は己の演技を棚に上げてケラケラ笑う。

しかし樋口清太郎の存在感はなかなか堂に入っていた。台詞は「ニッポンの夜明けぜよ!」という一言だけであるにもかかわらず、場面が変わるごとに台詞のニュアンスが少しずつ変わっていき、この映画に謎めいた一貫性をもたらしている。

タイムトラベラー銀河進の歴史改変によって全宇宙が崩壊し、もはや「ニッポンの夜明

け」なんて心底どうでもよくなる悲劇的な結末を思えば、念入りに繰り返される樋口氏の台詞が皮肉にも悲壮にも聞こえてくる。あの樋口清太郎がそこまで計算して演じているわけがなく、これが明石さんの狙いだとしたら恐るべき手腕である。

ひそかに感心していると、画面に河童様の像が映った。

「あ、河童様ですね」

「どうしてこんなに筋骨隆々なんだろうな」

「河童といえば相撲好きっていいますよね。だから鍛えているんじゃないでしょうか」

「沼の底で?」

「ええ、沼の底で。ボディビルディング的な」

「それにしても面白いほど城ヶ崎さんに似ている」

映像を見ていると、庭を逃げまわっている岩倉具視(すなわち小津)が城ヶ崎氏似の河童像に飛びつき、そこへ明らかに統制の取れていない新撰組が殺到する。わいわいと揉み合っているうちに河童様の像がゆっくりと倒れていく。この大ハプニングによって大家さんは激怒し、撮影は中断を余儀なくされたのだった。

「あ、ここにも物干し台が映りこんでる」

「そうですね。編集でなんとかします」

37　　第一章　八月十二日

そのとき明石さんは画面に顔を近づけて「あれ？」と怪訝そうに呟いたのだが、ケチャでも映りこんでいるのだろうと思ったぐらいで、私はとくに気にとめなかった。それより、廊下の向こうから歩いてくる男に気を取られていたのである。

　その男は廊下の半ばで立ち止まり、おずおずと問いかけてきた。

「あのう、すいません。下鴨幽水荘の方ですよね？」

　モッサリしたマッシュルームのような髪型、モッサリした半袖シャツの裾をモッサリした色のズボンに押しこみ、斜め掛けした鞄までモッサリしている。まさにモッサリの国からモッサリを広めるためにやってきた伝道師のごとし、その徹底的な非ファッショナブル性には親近感しか湧かない。見どころのあるやつである。

「もしかして新しく越してきた人？」と私は訊ねた。

「いえ、そういうわけではないんですけど……」

「それじゃ、誰か探してるの？」

「いえ、そういうわけでもなくてですね」

　モッサリ君は困ったような照れ臭そうな顔をした。頬を赤らめて黙りこんでいる。　明石さんがパソコンから顔を上げて怪訝そうな顔をした。

　気まずい沈黙は、天の声によって打ち破られた。

38

「樋口君、２１０号室の樋口清太郎君」

大家さんの厳かな声が廊下に響いた。

「部屋にいるのは分かっています。家賃を払いにきなさい」

モッサリ君は目を丸くしてスピーカーを見上げた。

「なんですかこれ！」

「大家さんの館内放送だよ」

「館内放送？　そうか、これがあの伝説の……」

目をキラキラさせているのだが、何をそんなに感動しているのか分からない。

そのとき、ついに天の声にこたえて２１０号室のドアが開かれた。暗がりからのっそり姿を現したのは、「四畳半の守護神」であるとも「四畳半にウッカリ墜落した天狗」であるとも囁かれる、当アパートの最古参・樋口清太郎その人であった。ぼっさぼさの頭髪が逆さ箒のごとく天をつき、身に纏った浴衣はこのうえなくヨレヨレ、大きな顎の先からは汗のしずくが滴っている。

「やあ、諸君。今日もそれなりに暑いな」

樋口氏は濡れ手ぬぐいで身体をふきながら言う。

そのときモッサリ君が驚愕したように「樋口師匠！」と叫んだ。

「あなたも来たんですか？　どうやって？」

樋口氏は眠そうな目でモッサリ君を見やった。べつに相手を怪しむ風もない。

「流れ流れて、流れついたのさ」

「流れ流れて？」

「そうとも」と樋口氏は頷く。「して、貴君は何者かな？」

しかしモッサリ君は返事をしなかった。間抜けな金魚のようにパクパクと口を動かし、我々を順繰りに見まわしていたが、やがて小さな声で「お邪魔しました」と呟き、身を翻して駆けていった。パタパタという足音が廊下を遠ざかり、そのまま階段を駆け下りていく。

明石さんが「お知り合いですか？」と樋口氏に訊ねた。

「いや、まったく見覚えがない」

「でも師匠のお名前を知っているようでしたが」

「浮き世のどこかで袖摺り合ったかな。行く人の流れは絶えずして、しかももとの人にあらず……じつにさまざまな人間たちと出会ってきたからね」

樋口氏は無精鬚にまみれた顎をざりざり撫でた。

40

　　　　　　　　　　　○

　私はこの樋口清太郎という人物が苦手である。

　同じアパートで暮らすこの万年学生とは、できるかぎり距離を置くように心がけてきた。

　動物的直感が「こいつは危険人物だ」と囁くからだ。

　樋口氏は手に持った通い帳でひらひらと顔を扇いでいた。

　当アパートでは毎月大家さんに家賃を手渡し、その通い帳にハンコを押してもらう前時代的な仕組みになっている。　長年にわたる金銭的攻防を記録してきた樋口氏の通い帳は、蔵の中から発見された江戸時代の古文書のようにボロボロである。

「これから家賃を払いに行く。　しかし金はない」

　あたかも科学的事実を述べるかのごとく、樋口氏は淡々と述べた。

「金はない。　しかしこれから家賃を払いに行く」

　あっけにとられていると、樋口氏は「ところで」と話題を変えた。

「私のヴィダルサスーンを持ち去ったのは誰かな?」

「ヴィダルサスーン?」

41　　　第一章　八月十二日

我々は首を傾げた。

「それってシャンプーのことですか?」

明石さんが訊くと、樋口氏は「しかり」と頷く。

樋口氏の愛用している「ヴィダルサスーンベースケアモイスチャーコントロールシャンプー」が、いつの間にか入浴セットから消えていたたというのである。意外な髪質へのこだわりはともかくとして、我々の犯行と決めつけるような言葉は捨て置けない。

「名乗り出るならば今のうちだ。正直に白状すれば水に流そう」

「シャンプーなんか盗むもんか」

「いやいや、なにしろこれは素晴らしいシャンプーだからな」

樋口氏は「この色艶を見よ」というように そそり立つ頭髪を指さした。

樋口氏がヴィダルサスーン氏に全幅の信頼を寄せていることだけは分かった。

「どうせこいつの仕業ですよ」

濡れ衣を丸めて小津へ投げつけると、彼はひらりと身をかわした。

「僕が師匠を裏切るわけがないでしょ?」

「みなさん、昨日銭湯へ出かけましたよね?」明石さんが言った。「帰るときシャンプーはあったんですか?」

42

樋口氏は「はて」と虚空を見つめた。

「そう言われてみると、なかったような気もするな」

「ということは、銭湯にお忘れになったのではないでしょうか。オアシスに電話して訊けばいいと思います。きっと番台で預かってくれていますよ」

明石さんによって提示された非の打ちどころのない解決策によって、樋口氏のいいかげんな推測に基づく不毛なやりとりは終わった。

樋口氏は「それでは家賃を払いに行くかな」と言い、廊下をゆっくり歩きだした。すかさず小津が駆けだして師匠のかたわらに寄り添った。

「師匠、おともしまっせ」

「助太刀、頼めるか?」

「合点承知です。ほらね、僕ほど忠実な弟子はいないでしょ?」

どうやら小津は樋口氏の家賃を立て替えてやるつもりらしい。

大家さんの屋敷は樋口氏のアパートの裏手に接している。そちらを訪ねる場合は、いったんアパートの表玄関から外へ出て、ぐるりと石垣をめぐって屋敷の玄関へまわらねばならない。

しかも家賃を持っていくと必ず紅茶と洋菓子で饗応（きょうおう）されるから、通い帳にハンコを押してもらうまでにはそれなりの時間を費やすのがつねであった。

つまり樋口氏と小津はしばらく戻ってこない。

私は廊下の壁にもたれ、ソファに腰かけている明石さんを見守った。今まで極熱の四畳半にいたこともあって、それは上高地の風のように涼しく感じられた。

物干し台から風が吹きこんできて、戸口に吊った風鈴を鳴らした。

「まるで『夏休み』みたいな感じ、しませんか？」

明石さんが顔を上げて目を閉じた。

「なんだか懐かしいみたいな」

言われてみればたしかにそんな感じがする。

小学生の頃、朝からプールへ出かけて泳いだ午後のようだった。気怠い陽射しを眺めながらアイスクリームを食べたりして、心地良い疲労に眠気を誘われる。空っぽになったようでありながら充たされたようでもあって、淋しさの入り交じった甘い気持ちが湧いてくる。それでいて我が前途には真っ白なキャンバスのように夏休みという時空が広がっているのだ。小学生ながらに「これが幸せというものか」としみじみ思ったものである。

そんな回想に耽っていると、このがらんとしたアパートが、あの遠い夏の日のプールサイドのように感じられてきた。

夏休みの昼下がり、明石さんと二人きり。

44

時間よ、止まれ――そう祈りたくなるのも当然のことであろう。

そんな私のひそかな祈りを知るよしもなく、明石さんは猫背気味になり、眉をひそめてノートパソコンを睨んでいる。編集について考えをめぐらせているのだろう。

その凛々しい横顔に見惚れているうちに先ほどの「五山送り火」をめぐる小津と明石さんのやりとりが浮かんできた。どうしようもなく心がざわついた。地平線の彼方から押し寄せてくる不気味な暗雲を見たような気がした。

来たる八月十六日、明石さんは送り火見物へ出かけるという。

いったいどこの馬骨野郎と？

それは私にとって到底無視できない大問題であった。

　　　　　○

ここでもう一度、時計の針を一日前の八月十一日へ戻そう。

映画撮影が終わったあと、我々は銭湯「オアシス」へ出かけた。

アパートから炎天下の住宅地へ出たのは午後四時過ぎ、傾き始めた太陽が足下に色濃い影を落とし、街路樹では蝉が鳴いていた。

第一章　八月十二日

まるでデジャヴのようだと私は思った。

この夏、同じような気怠い午後を幾度繰り返してきたことか。

最寄りの銭湯「オアシス」は、下鴨泉川町から御蔭通へ出て、高野川を東へ渡った住宅地にある。大きく「ゆ」と染め抜いた暖簾といい、主人の座りこんでいる番台といい、大きな籠のならぶ脱衣場といい、まさに銭湯のイデアというべき銭湯である。

下鴨幽水荘には十分間百円のコインシャワーしかないので、ゆっくり湯につかりたい住民は御蔭橋を渡って「オアシス」へ行く。その名のとおり、この銭湯はさまよえる四畳半主義者たちのオアシスであった。

我々は広い湯船につかってポカンとした。

ちゅうちゅうタコかいなと、小津がヘンテコな歌を歌った。

「幕末軟弱者列伝、面白い映画になりそうですね」

「そんなわけあるか」と城ヶ崎氏が唸った。

「おや、城ヶ崎さんは何かご不満でも?」

「あたりまえだ。あんなポンコツ映画、俺は絶対に認めないぞ」

「明石さんは満足してましたけど」

「映画とは社会への訴えであって、もっと真摯に作られるべきものだ。だいたい脚本から

46

してメチャメチャだ。あんなものを映画にしようなんて考える時点で社会を舐めてる。彼女は才能を無駄遣いしていると俺は思うね」

「どうせ素人映画でしょ」

「おまえみたいなやつが文化を衰退させるんだ」

「何はともあれ私の演技が素晴らしかったことは否定できまい」

樋口氏が唐突に自画自賛した。「ニッポンの夜明けぜよ！」

「そもそも、どうして樋口が坂本竜馬なんだよ」

「弟子の頼みは断れないからな」

「それが一番納得いかない」と城ヶ崎氏は溜息をついた。「どうしておまえが師匠なのよ？　どうして俺じゃないの？　もっと俺は尊敬されてしかるべきだろ？」

城ヶ崎氏は明石さんに尊敬してもらえないのが悔しいのである。

もしも私が映画サークル「みそぎ」に入っていたとしたら、間違いなくサークルのボス・城ヶ崎氏に対して反旗をひるがえしていたことであろう。小津と手を組んでポンコツ映画を量産し、とはいえ明石さんほどの才覚はないから、着々とサークル内で居場所を失っていき、二回生の秋頃には小津ともども追放の憂き目に遭っているにちがいない。その悲惨な末路をあたかも経験したかのようにありありと思い描くことができる。それゆえに

47　　　第一章　八月十二日

私は明石さんに強く共感せざるを得なかった。

明石さん、そのまま己の信じる道をひた走れ。

人は己の信じる道を走らねばならぬ。妥協や従属に価値はない。

「この映画は間違いなく傑作です」と私は言った。

城ヶ崎氏がムッとして黙りこんでしまったので、私もまた無言となって、銭湯の中を見まわした。男湯には我々のほかに三人の客があるばかりだった。タオルで頭を包んだ男たちが三人、ぴったりとならんで座り、ざぶざぶとシャワーを浴びている。

やがて樋口氏が立ち上がって身体を洗いに行き、小津はいそいそと電気風呂へ向かった。

その電気風呂は刺激があまりに強いため「殺人電気風呂」として名高く、そんな拷問にすんで身をまかせたがるところに小津という人間の暗い実存を見る思いがする。

そのとき女湯から艶めかしい声が聞こえてきた。

「ひぐちくーん、じょうがさきくーん」

「おや、羽貫か?」と樋口氏が答えた。「めずらしいな」

「たまには私も銭湯へ行ってみようと思ってさ」

のんびりした羽貫さんの声が響く。

「いいねえ、こういうの。　優雅だね」

48

私はぼんやりと天井を見上げた。

天窓から射しこむ夕方の光の中を濛々と湯気が渦巻いている。

そのとき私が思い浮かべていたのは、映画撮影終了後ひとり庭に立って空を見上げていた明石さんの姿である。なんと魅力的な人だろうと私は思った。

初めて明石さんに出会ったのは今年の二月、ちょうど節分の翌日のことだった。

冷たい灰色の空からちらちらと舞い散る雪、白い雪に埋もれた糺ノ森の馬場、赤いマフラーを巻いて歩いていく明石さん、そして小さな熊のぬいぐるみ。

あの日のことは鮮明に覚えている。

この半年、俺は何をうかうかしていたのだろう。こうしている間にも、恋の邪魔者が虎視眈々と彼女を狙っているかもしれないのだ。

そんなことを考えていると、居ても立ってもいられなくなってきた。

「先に帰ります。ちょっと用事があるんで」

浴場から出ていこうとすると、小津が電気風呂でぴくぴく痙攣しながら「もうお帰り？」と怪訝そうに声をかけてきた。

「もっとノンビリすればいいのに」

○

銭湯から出ると、八月の長い夕暮れが始まっていた。

「いくぞ、いくぞ、いくぞ」

風呂桶をチャカポコ叩いて気勢を上げる。

その目的はただひとつ。明石さんを五山送り火見物に誘うことである。吉田山界隈に大文字をゆうゆうと見物できる秘密の場所がある。昨年散歩中に発見したもので、いつの日か意中の人をそこへ案内しようと決めていた。いわば私のリーサルウェポン、いま使わずしていつ使う。

高野川にさしかかったとき、橋向こうの御蔭通にほっそりとした人影が見えた。私はドキンとして立ち止まった。明石さんであった。こちらに気づいた様子はなく、彼女は下鴨神社・紅ノ森の方へ歩いていく。

撮影終了後、明石さんが「古本市へ行く」と言っていたことを思いだした。古本市の書棚には五山送り火について書かれた本がいくらでも見つかるだろう。考えてみるがいい。それらの本を私たちが手に取るのはきわめて自然であり、それをきっかけに

送り火見物が話題になるのもまた当然の成り行きである。そうなると明石さんを送り火見物に誘うのは、もはや紳士としての当然の義務にほかならない。

「まさに千載一遇の好機！」

私は明石さんを追いかけて糺ノ森へ入った。

糺ノ森には一足早く夕闇が忍んできていた。下鴨神社へ通じる長い参道から脇に入ると、南北に長い馬場の両側におびただしい白テントがならんでいる。そろそろ客足もまばらになって、終了予定時刻を知らせる拡声器の声が響いていた。その声に背を押されるかのように、明石さんはテントからテントへと韋駄天のように飛び移っていく。

結論から言えば、私は彼女に声をかけなかった。

第一に、明石さんの足取りがあまりにも速くて、自然に声をかけるのは不可能だった。第二に、夢中で本を探す彼女の邪魔をするのが忍びなかった。そして第三に、彼女を追いかけて古書店のテントの間をさまよっているうちに冷静さを取り戻したからである。

明石さんにとって私は「小津の友人」あるいは「樋口氏の隣人」にすぎない。映画「幕末軟弱者列伝」をめぐって彼女の力になろうと努めてきたものの、所詮それは明石さんが作り上げてきた膨大な作品のうちの一つにすぎない。彼女に対する自分の貢献を、私はあまりにも高く見積もりすぎているのではないか。明石さんとの距離は私が期待するほど近

づいておらず、彼女にとって私はいまだに路傍の石ころにすぎないのではないか。

たとえば彼女を誘ったとしよう。

「五山送り火を見に行きませんか?」

彼女は眉をひそめて言い放つかもしれない。

「どうして行かなくてはいけないんですか?」

その冷ややかな声を想像するだけで私は震え上がった。

考えれば考えるほど足取りは重くなっていく。明石さんとの距離は開いていくばかり、とても追いつけそうにない。

やがて私は完全に足を止め、駆け去る明石さんを見送った。

「今日はこれまで」

そう呟いて、踵を返した。

気がつくと私は鴨川べりへ出ていた。

楡の木陰に置かれたベンチに腰かけ、煌めく水面をしばらく眺めた。

たしかに私は明石さんを誘うことはできなかった。しかし、たとえばこういった私のためらいに対して、「意気地なし」であるとか、「男らしくない」とか、「優柔不断である」とか、薄っぺらい紋切り型の言葉を投げつけてくる人間ほど愚かしい存在はない。明石さ

んをひとりの人間として尊重すればこそ、己の気持ちを一方的に押しつけることにためらいを覚えるわけであって、この戦略的撤退は私が人情の機微を心得たジェントルマンであることの証左に他ならない。ためらいは紳士のたしなみである。たとえ客観的に見れば一抹のキモチワルサが漂うとしても。

鴨川の土手からは、夕陽に赤く染まった大文字山が見えていた。

「そもそも送り火に誘うなんて、あまりにも凡庸な手ではないか」

京都で暮らす学生にとって、葵祭や祇園祭、五山送り火や鞍馬の火祭など、意中の人を誘うべきイベントはいくらでもある。かつては意中の人を誘ってそのようなイベントに出かけることに憧れた時期もあった。しかしながら男女の関係というものは、おたがいのペースで慎重に作り上げていくべき個人と個人の関係である。観光イベントの年間スケジュールに合わせてガムシャラに推し進めるべきものではない。

今日がダメなら明日がある。

明日がダメなら明後日がある。

明後日がダメなら明明後日がある。

下鴨幽水荘に戻ればクーラーがある。今や私はクーラーつきの四畳半という素晴らしい環境を与えられた人間なのだ。綿密な計画、早寝早起き、肉体的鍛錬、学問への精進。そ

の充実した毎日の積み重ねによって、明石さんにふさわしい男になろう。そうすれば我々の間は自然に親密なものとなっていくであろう。やがて充たされた器から水が自然にこぼれ落ちるように、起こるべきことが起こるであろう。

何か光明が見えたような気がした。

私は「よし！」と掛け声をかけ、風呂桶を抱えて立ち上がった。

そして夕暮れの鴨川から下鴨幽水荘へ戻った私を待ち受けていたのは、じつにしょうもない事件であった。にもかかわらず、それは私というひとりの人間の命運どころか、この銀河系を含んだ全宇宙的危機の端緒となったのである。

○

下鴨幽水荘へ帰って玄関に入ると、二階から賑（にぎ）やかな声が聞こえてきた。

「あの人、どこへ行ったんです？」

小津の甲高い声がひときわ大きく響いている。

銭湯から戻ってきたあとも樋口氏たちと遊んでいるらしい。

階段を上りきって廊下を歩いていくと、その奥では樋口氏や小津がうろうろしている。

54

城ヶ崎氏と羽貫さんもいる。みんな物干し台を覗いたり、部屋のドアを開けたり、積み上げられたガラクタをかきわけたりして何かを探している様子である。いやに涼しい風がくるなと思ったら、２０９号室のドアが開けっ放しになっていた。またしても私のクーラーを勝手に使っているのだ。怒りの声を上げようとしたとき、物干し台から明石さんが姿を見せた。私が鴨川で傷心を癒やしている間に古本市から戻ってきたらしい。

彼女は私の姿を見て、「先輩！」と息を呑んだ。

「なんだい？　どうかしたの？」

明石さんの声につられて、そこに集まった樋口氏、小津、城ヶ崎氏、羽貫さんが、全員こちらへ顔を向けた。「ああ」とか「おお」とか驚きの声を洩らす。彼らの視線は私の抱えている風呂桶に注がれており、そこには今まで感じたことのない尊敬の念さえ漂っていた。

「なるほどそういうこと。準備万端というわけね」

羽貫さんが言った。「これは惚れるわ」

あの城ヶ崎氏さえ「見直した」という顔をしている。「おまえ、盛り上げるなあ」

ひとまず私は城ヶ崎氏の手からクーラーのリモコンを奪い、２０９号室のクーラーを停止させた。「勝手に使わないでくださいよ」と言い、リモコンを小型冷蔵庫の上に置いた。

そこには半分ほど残ったコーラのペットボトルがあった。

明石さんが心配そうに言った。

「先輩、本当にするんですか?」

「するって何を?」

「何をって、つまり……その……」

「さあさあ。それでは踊っていただきましょう!」

小津が私の腕を摑んで廊下の中央に立たせた。ほかの連中はソファに腰かけたり、丸椅子を持ってきたりして、期待に満ちた目で私を見つめている。私は風呂桶を抱えたまま、あっけにとられて彼らを見まわした。諸君はワタクシに何を期待しているのか?

「踊れって何を?」

「いやいや、ついさっき話してたでしょ?」

小津がニヤニヤ笑いながら叫ぶ。「裸踊りですよ!」

「裸踊り? なんでだよ?」

「いやはや、もったいぶるねえ」

樋口氏が顎を撫でながら言う。

城ヶ崎氏が顔をしかめた。

56

「おい、ここから引っ張るのはカッコ悪いぞ、やるなら男らしくやっちまえ」

「ちゃんと見届けてあげるから」と羽貫さん。

「いや、だから、話がまったく見えないんですよ」

途方に暮れて明石さんを見ると、彼女は樋口氏の背後に隠れるようにしていた。恥じらいと、諦念と、若干の知的好奇心の入り混じった複雑微妙な表情を浮かべている。

「もう小道具は持ってるじゃないですか」

小津は私の抱えている風呂桶を指さした。

「それをほら、こうやって、踊ればいいわけですよ」

彼は見えない風呂桶で股間を隠しつつ踊ってみせた。

邪悪な笑みを浮かべて踊る小津の姿を今でも克明に思いだすことができる。それはまさに「悪の化身」そのものだった。実際、その悪魔的ダンスによって、小津は私の未来を打ち砕くのみならず、全宇宙を破滅の危機にさらすことになったのである。

小津の右腕が冷蔵庫にあたり、その拍子にコーラのペットボトルが倒れた。黒く泡立つ液体が流れだして、みるみる冷蔵庫からこぼれ落ちていく。

明石さんが「リモコン!」と叫んだ。

私は小津を押しのけて駆け寄ったが時すでに遅し。

リモコンはコーラに沈み、その機能を完全に喪失していた。

○

その悲劇によって魂の抜け殻となった私は、わけのわからない裸踊りの要求を足蹴にして209号室に立て籠もった。そして明石さんたちが帰った後、樋口氏の呼びかけでクーラーのお通夜が行われたことはすでに述べた通りである。

ここで時計の針を八月十二日の午後に戻そう。

私は廊下の壁にもたれて明石さんの横顔を見つめていた。

いったい明石さんは誰と送り火見物へ出かけるのだろうか——。

彼女は青ざめた顔でパソコンを睨み、その顔つきはいよいよ厳しかった。編集に頭を悩ませているのだろう。送り火デートの相手を訊けるような雰囲気ではない。

明石さんがパソコンを見つめたまま言った。

「先輩、ちょっといいですか」

おそろしく真剣な声だった。

こちらの考えを見抜かれたような気がして、私はギクリとした。

「この場面を見てもらえませんか。ちょっと気になることがあって」

映画についての相談らしい。私はホッとしてソファに近づき、明石さんのかたわらに腰を下ろした。そしてノートパソコンの画面を覗きこんだ。

大家さんの庭と河童様の像が映っており、白塗りの岩倉具視（＝小津）とポンコツ新撰組が乱闘を繰り広げていた。じつに躍動感のない立ちまわりであるのみならず、遠景にはアパートの物干し台が映りこんでしまっている。気になると言えばどこもかしこも気になる映像だが、明石さんはしばらく無言で動画を進め、ふいに「ここです」と鋭く言った。

「どこ？」

「ここです、物干し台を見てください」

明石さんは動画を一時停止して画面を指さした。

アパートの物干し台にひょろりとした人影が見えている。

「これは小津だろ」と口にしてから、「おや？」と思った。だとすれば手前の庭で新撰組と乱闘を繰り広げているのは何者か。

「小津が二人、映ってる」

「さっき動画を見返していて気づいたんです」

明石さんは言った。「もしかして小津さん、双子なんですか？」

「馬鹿な！　そんな話、一度も聞いたことがない」

「私たちには秘密にしているとか」

つねづね私は小津という男の八面六臂（ろっぴ）の活躍ぶりに舌を巻いてきた。映画サークル「みそぎ」の一員にして、樋口清太郎の弟子。それはこの奇怪な男の一側面にすぎない。他にも複数のサークルを掛け持ちし、宗教系ソフトボールサークルや胡散臭（うさんくさ）い某学内組織では今や重鎮として扱われているらしい。私に匹敵する貧弱な肉体の持ち主に、どうしてそのような超人的活躍が可能なのか。「学業をおろそかにしている」という事実だけでは説明がつかない。しかし小津複数説を採用すれば、これらの疑問は氷解する。

私はもう一度、ノートパソコンの画面を睨んだ。

画面の中の小津はアパートの物干し台から身を乗りだし、ひとり満面の笑みを浮かべていた。今にも悪魔的な笑い声が聞こえてきそうである。その邪悪な笑みを見つめているうちに、想像の中で蠢（うごめ）く小津が一人から二人へ、二人から四人へ、四人から八人へと、まるで雑菌のように増殖していく。あたかも地球を侵略する顔色の悪いエイリアンのごとし。

明石さんと私は顔を見合わせた。

「どういうことなんだろう？」

60

○

「仲良しねえ、おふたりさん！」

　顔を上げると、羽貫さんと城ヶ崎氏が廊下を歩いてくるのが見えた。

　明石さんはサッと動画を閉じて私に目配せした。小津の恐るべき秘密については、しばらく胸の内にしまっておこうというのだろう。

　城ヶ崎氏が「よう」と言葉少なに挨拶する。

「暑いねー」と羽貫さんは言った。「樋口君、いる？」

「いま小津と一緒に大家さんのところへ行ってますけど」

　私は立ち上がりながら言った。「そろそろ戻ると思いますけど」

「久しぶりに三人でごはん食べに行こうと思ってさ。ほら、昨日は樋口君がクーラーのお通夜するとか言いだして行けなかったから。よければ君たちもおいでよ」

　羽貫さんは明石さんの隣に腰かけた。

「で、どうなったの。クーラーは？」

「ぶっこわれたままですよ」と私は言った。

61　　　第一章　八月十二日

「それはご愁傷さまでした。まだ夏は長いのにねえ」

すでに触れたように、羽貫さんは歯科医院に勤める歯科衛生士であり、城ヶ崎氏と樋口氏の友人である。ちなみに彼らがどのようにして出会ったのか誰も知らない。

「映画はちゃんと完成しそう？」

明石さんは「おかげさまで」と言ってパソコンを撫でる。

「楽しみにしてるわ。樋口君、坂本竜馬なんでしょ？」

「あいつ、同じ台詞しか言わなかったぞ」

城ヶ崎氏が文句を言った。「ひどいもんだよ」

「この人の意見なんて気にしないでいいよ。才能ないから」

そのとき城ヶ崎氏の背後でガラクタの崩れる音がした。この廊下に積み上げられたガラクタはつねに危うい均衡を保っているので、些細なきっかけで崩落する。

羽貫さんが振り返った。

「ちょっと城ヶ崎君、何やってんの」

「俺は何もしてないぜ」

「へんなとこ触ったんでしょ」

「どうなってんだよ、このアパートは。ゴミだらけじゃねえか」

城ヶ崎氏はぷつぷつ文句を言いつつ、素直にガラクタを片付け始めた。羽貫さんと一緒にいるとき、彼の暴君ぶりは緩和されるらしい。羽貫さんは「あは」と笑ってからこちらへ向き直り、「私も撮影見学したかったなー」と残念そうに言った。

それを聞いて私は首を傾げた。

「羽貫さん、昨日撮影現場にいませんでしたっけ？」

「いるわけないでしょ。夕方まで仕事だったもん。あなたたちみたいな人種とはちがって、私は労働に勤しんでるんですからね」

「でも銭湯には来ましたよね？」

羽貫さんは「銭湯？」と怪訝そうな顔をする。

「女湯から声をかけてきたじゃないですか」

「待って。なんの話よ」

「おかしいな。城ヶ崎さん、あなたも聞いたでしょう」

私が言うと、城ヶ崎氏はガラクタの向こうから億劫そうに返事をする。

「ああ、聞いた。あれは羽貫だったぞ」

羽貫さんは「あなたたち、暑さでボケてるんじゃないの」と言った。

「昨日は仕事帰りに寄っただけ。そしたら裸踊りの話になって、小津君がリモコンにコー

63　　　第一章　八月十二日

ラこぼして、すぐおひらきになっちゃった。なんだコイツら、わけわかんないと思ったよ」

どうにも会話が嚙み合わないのである。

そこで思い出したのは、昨日の夕方、古本市からアパートへ戻ったときのことである。この廊下にみんなが集まっていて、どういうわけか私に裸踊りを要求した。コーラ事件によってウヤムヤになったが、あのときも不気味なほど会話が嚙み合わなかった。

「ま、夏だしね。みんなボケるのも無理ないよ」

羽貫さんはあくびをして言った。

「ところで城ヶ崎君はさっきから何をしてるの?」

見ると城ヶ崎氏は廊下の向こうにしゃがみこんでいる。

そちらへ近づいてみるとヘンテコなものが目に入った。煮しめたように黒光りする古畳が一枚、デンと廊下に置いてある。それもただの畳ではない。アパートの畳を一枚剝がして改造を施したとおぼしく、ひとり掛けの赤い座席が真ん中に据えつけられており、その前にはレバーやスイッチのついた操作パネルまである。

「おまえら、これ何だと思う?」

私たちは城ヶ崎氏のまわりに集まった。

64

「うーん。なんだろね」と羽貫さんが腕組みをする。

「そこの壁に立てかけてあったんだよ」

「乗り物みたいですね」と私は言った。「でも車輪がないな」

「師匠が拾ってきたんでしょうか?」と明石さん。

「いや、待てよ。ああ、なるほど。これがこうなるのか」

城ヶ崎氏は付属する大きな電気スタンドのようなものを立てた。

そのとたん「これをどこかで見たことがある」と私は思った。

私だけでなくその場に居合わせた誰もが、某国民的名作マンガを思い浮かべていたにち

がいない。あの青くて丸々としたネコ型ロボットはこれによく似た道具に乗って遠い未来

からやってきた。しかしそれはあまりにもひねりのない発想すぎて、指摘するのがためら

われた。しばし無言の睨み合いが続いたのも無理はない。

やがて明石さんがぽつんと言った。

「タイムマシンだったりして」

恥じらうように小さな声だった。

物干し台の風鈴がちりんと鳴った。夏であった。

○

我々はその「タイムマシン」を取りかこみ、ひとしきり笑い転げていた。

実際それはたいへんよくできていた。操作パネルには年数と日数を設定するところがあり、ダイアルをまわせばちゃんと数値を変更できる。プラスとマイナスのスイッチがあり、プラスなら未来へ、マイナスなら過去に対応しているらしい。つまり十年先の未来へ行くならプラス10、十年前の過去へ行くならマイナス10と設定するのだろう。

「誰が作ったんだろう？」

「よほど技術力のある暇人だろうね」

そんなことを言い合っていると、樋口氏と小津が大家さん宅から帰ってきた。

「やあ諸君、ひどく楽しげではないか」

樋口氏はそう言ったあと、城ヶ崎氏に手を差しだした。

「おい、城ヶ崎。私のヴィダルサスーンを返したまえ」

先ほど銭湯「オアシス」に電話をかけてみたが、シャンプーの忘れ物はなかったと言われたらしい。小津も私も盗んでいないというなら城ヶ崎氏が犯人にちがいない、というの

66

が樋口清太郎の推理だった。丸太ん棒を振りまわすように大胆な推理である。

「おまえのシャンプーなんて知るか！」

「謝るなら今のうちだぞ、城ヶ崎」

そこへ羽貫さんが割りこんだ。

「そんなのどうでもいいよ。このタイムマシンは樋口君の？」

樋口氏は廊下に置かれた物体を興味深そうに見下ろす。

「知らん。私のものではない」

「ということは小津のイタズラか？」

城ヶ崎氏が言うと、小津は「まさか」と首を振る。

「イタズラならもっと悪辣なことをやりますよ」

アパートの廊下によくできた「タイムマシン」を置いたところで誰が不幸になるわけでもない。むしろ心温まる笑いが起こるばかりである。他人の不幸を糧に生きているという小津にしては邪気が足りない。

私は操作パネルを覗きこんでみた。年数をマイナス25、日数は0と設定されている。ためしにダイアルを回して、年数を0、日数をマイナス1にしてみた。こうすれば昨日へ行けるわけだ。どうやら時刻を指定することはできないらしい。

唐突に樋口氏が威儀を正して小津に命じた。

「小津よ、旅立つがよい。時空の彼方へ！」

「合点承知であります！」

小津は私を押しのけて「タイムマシン」に乗りこんだ。といっても、陰気な妖怪のように赤い座席にうずくまるだけである。すかさず羽貫さんと明石さんと私は「タイムマシン」から一歩離れ、小津に向かって敬礼した。

小津はレバーに手をかけて我々を見まわした。

「師匠ならびに皆様方。長い歳月、まことにお世話になりました。不肖この小津、たとえ時空を隔てましても、この恩義は決して忘れますまい」

「うむ。達者で暮らせ」

樋口氏が重々しく頷いてみせる。

小津は芝居がかった仕草でレバーを引いた。

「さようなら。どうかお元気で！」

次の瞬間、目の前にいる小津がグニャリと歪んだ。いや、小津を含めた空間そのものが歪んだというべきだろう。続いて目映い閃光が廊下を充たし、猛烈な旋風が渦を巻いた。

思わず私は頭を抱えた。

わけもわからず揉みくちゃにされているうちに、やがて旋風はピ

68

タリとおさまって、あたりはひっそりとした。不気味な静寂の中、風鈴だけがちりんちり
んと鳴り続けている。

おそるおそる目を開けると、小津は「タイムマシン」ごと消えていた。

「ちょっと待って」と羽貫さんが言った。「なによ、今の」

我々は顔を見合わせた。誰もが唖然としていた。

物干し台、ガラクタの物陰、倉庫室、樋口氏と私の部屋、一階へ通じる階段や便所まで
探したものの、小津の姿はどこにもなかった。そもそもあんなに僅かな時間で、タイムマ
シンごと身を隠せるとは思えない。

「もしかして本物だったのかも……」

明石さんが呟くと、城ヶ崎氏は首を振った。

「そんなわけあるか」

「それならあいつはどこへ消えたんです?」

私は言った。「隠れるところなんてどこにもないですよ」

「何か仕掛けがあるんだ。どうせ小津のたくらみさ」

樋口氏と羽貫さんはならんでソファに腰かけていた。もはや彼らは考えるのを止めてお
り、「なるようになるさ」という意見らしい。実際それは正しい態度だった。

しばらくすると、先ほどと同じ閃光が廊下に充ち、渦巻く旋風とともに「タイムマシン」と小津が現れたのである。

小津は「いやはや」と言って我々を見まわした。

「みなさん、こいつは一大事ですよ」

「どこへ行ってたんだよ」

私が訊ねると、小津はこともなげに「昨日ですよ」と言った。

「レバーを引いた瞬間、まわりの風景がグンニャリと歪みましてね。気がつくと廊下はがらんとして、みなさんの姿がどこにもないんです。わけがわからなくて物干し台へ出てみたら、大家さんの庭から賑やかな声が聞こえてきました。欄干からそちらを覗いてみると、ちょうど映画撮影の真っ最中だったんです。『幕末軟弱者列伝』ですよ。これはすごいことになったと思って、ひとしきり見物していたんですが、ひとまず報告に戻ったほうがいいと思って、こうして帰ってきたわけです。いやあ、こいつはすごい道具ですよ」

「おまえ、いいかげんにしろよ」

城ヶ崎氏が怒るのも無理はない。荒唐無稽にもほどがある。

そのとき明石さんがアッと叫んだ。

「先輩、あの映像！」

70

「映像？」

「小津先輩複数説！」

たちまち、先ほど見た不気味な映像が脳裏に浮かんだ。

明石さんが床に座りこんでノートパソコンを開き、我々はその画面を覗きこんだ。

河童様の像に抱きつく岩倉具視、そこへ群がるポンコツ新撰組。そして背景に映りこんだアパートの物干し台に見える、もうひとりの小津。

「あ、これがワタクシですよ。画面の手前で暴れている岩倉具視は昨日のワタクシで、物干し台から見物しているのが今日のワタクシ。ほらね、言ったとおりでしょ」

「つまり昨日小津君は二人いたってこと？」と羽貫さん。

明石さんが「ということは」と呟き、我々は「タイムマシン」を見つめた。真夏の学生アパートに突如出現した驚天動地の新発明。誰もが息を呑んでいると、ソファからゆっくりと身を起こした樋口清太郎が厳かな声で言った。

「つまりこれは本物のタイムマシンというわけだ」

○

英国の大作家H・G・ウェルズが小説『タイムマシン』を発表して以来百年あまり、「時間を旅する機械」というアイデアは、無数の人々によって繰り返し語られてきた。

なにゆえ我々はタイムマシンに心惹かれるのであろう。

それは我々人類にとって時間こそがもっとも根源的な謎であり、誰ひとり逃れることのできない普遍的な制約であるからだ。誰にとっても一日は二十四時間しかなく、泣こうが喚こうが砂時計の砂は絶え間なく流れ落ち、過ぎ去った夏は二度と戻らない。だからこそ我々は「時間を旅する機械」を繰り返し夢見てきたのだ。時間を超越すること――それは人類の根本的条件への反逆であり、神にも等しい力であり、究極の自由に他ならぬ。

なにゆえそんなすごいものが、よりにもよってこんなところに。

羽貫さんがひゅうと口笛を吹いた。

「ってことは小津君、タイムトラベラーじゃないの」

タイムトラベラー小津の語るところによれば、時間移動は一瞬のことらしい。レバーを引いて目を閉じると、次に目を開けたときはもう「昨日」だったという。

72

明石さんはタイムマシンに乗りこんで操作パネルを見つめた。

「小津さん、着いたのは昨日の何時頃ですか?」

「僕が河童様の像を押し倒す直前だから……」

現在は午後二時半、昨日河童様の像が押し倒されたのもそれぐらいの時刻だ。

「ということは今と同じ時刻へ行くのでしょうか」

明石さんは呟いた。「たしかに時刻設定のダイアルはありませんし」

私は明石さんの隣にしゃがみこんで、タイムマシンの操作パネルを見た。年数の目盛りは最大で「99年」となっていた。一回の操作で行くとすれば大正時代が限度だが、到着先で同じ操作を繰り返せば、飛び石を伝うようにいくらでも過去へ遡れるだろう。未来もまた同じである。かたわらの明石さんを見ると、その目は興奮できらきらと輝いていた。

「さっきの人が作ったんでしょうか?」

「さっきの人?」

「ほら、あのモッサリした感じの」

私は先ほど話しかけてきたモッサリ君の姿を思い浮かべた。どう好意的に見ても、大学デビューに着実に失敗しつつある愛すべき一回生にしか見えなかった。しかし能ある鷹は爪を隠すという。その非ファッショナブルなモッサリ感は、

たぐいまれな超天才の「世を忍ぶ仮の姿」かもしれない。

そのとき廊下の向こうからペタペタと足音が近づいてきた。

てっきりタイムマシンの持ち主が登場したのかと思ったら、「おーやおや、これは皆さんおそろいで」と甲高い声が響いた。歩いてくるのは映画サークル「みそぎ」における城ヶ崎氏の右腕、映画「幕末軟弱者列伝」では主役の銀河進を演じた相島氏であった。

「城ヶ崎さん、これは何の集まりです?」

「いや、べつに何の集まりってわけでもないけどな」

城ヶ崎氏が怪訝そうに言った。

「おまえこそ、何の用?」

「僕は昨日そこにいる彼と約束したものでね」

相島氏は私を指さした。

「眼鏡は見つけておいてくれた?」

「眼鏡?」

「眼鏡だよ、僕の眼鏡」

しかし相島氏はすでに眼鏡をかけている。私がその点を指摘すると、彼は「昨日説明したじゃないの」とウンザリしたように言った。

74

「これは演じるときに使う眼鏡なんだよ。普段使い用の眼鏡はべつにあって、昨日ここで

なくしたんだ。君は探しておくと約束したろ？」

またしても会話が噛み合わない──同じような感覚をついさっきも味わったばかりであ

る。

「まったく頼りにならないやつだな」

ひとしきり相島氏は文句を言っていたが、その視線が廊下に置かれたタイムマシンに注

がれたとたん、彼は「あ！」と叫んで息を呑んだ。「これ！ これだよ！」

「相島さん、ご存じなんですか？」

明石さんが訊くと、彼はタイムマシンに駆け寄った。

「昨日ここで見たんですよ。てっきり幻だったのかと思ってたけど、ほら、やっぱりここ

にあるじゃないの。これはタイムマシンでしょ？」

「そうなんです。タイムマシンなんです」

「いや、じつによくできてるね。誰が作ったの？」

相島氏はこのタイムマシンを映画の大道具だと思っているらしい。そうではなくて本物

のタイムマシンなのだと明石さんが言うと、彼は一瞬あっけにとられてから、「もしかし

てこれはドッキリみたいなもの？」と言った。

「いえ、そうじゃなくて。本当にタイムマシンなんです」

「僕はきらいだね、そういうの。よってたかって人を騙すなんて」

我々は先ほどの小津によるタイムトラベルについて語り、その証拠となる映像も見せた。しかし相島氏は眼鏡の奥の目を細め、冷笑を浮かべるばかりだった。無理もあるまい。タイムトラベル体験者は小津というこの世でもっとも信用ならぬ男だし、映像はあとからいくらでも加工できる。

「もう一度、タイムマシンを使ってみませんか」

明石さんが言った。「それなら相島さんも信じてくれますよね?」

「まあ、この目で見たら考え直してもいいけどね」

相島氏はあくまで冷笑的な態度を崩さなかった。

○

「さて、諸君。いつへ行く?」

樋口清太郎が言った。

まず手を挙げたのは明石さんであった。

76

「未来を見に行きませんか？　たとえば十年後とか」

まだ見ぬ未来を誰よりも先んじて目撃する。それこそタイムマシンの醍醐味というべきであろう。しかしここには一つ大きな問題がある。十年後の世界を覗きに行ったとして、望ましい未来が待っている保証はないということである。

羽貫さんがぽつんと言った。

「自分が死んでたりするとキツイよね、さすがに」

そんな未来を知ってしまえば、人生に対する意欲を失うことは必定である。学業に身が入らなくなって留年しかるのち退学。刻々と迫るタイムリミットの恐怖から逃れるために部屋に籠もって暴飲暴食を重ね、その自堕落な生活と精神的ストレスによって健康を損なった結果、十年後にピタリと死んで帳尻が合うということになりかねない。

「さすがに未来はヤバイよ、明石さん」

「なるほどです」

「先の見えている人生などつまらんからな」

樋口氏が言った。「未来は自分の手で切り開くべし」

第二案は小津の案「ジュラ紀へ行って恐竜と遊ぶ」であったが、ジュラ紀といえば約一億五千万年前である。それに対して我々のタイムマシンは一回で九十九年しか遡ることが

できない。ジュラ紀に辿りつくまでには百五十万回同じ操作を繰り返さねばならず、二十四時間体制でタイムマシンを動かし続けてもジュラ紀のかなり手前で全滅する。

第三案は私の案「二年前の春」であった。一回生だった頃の自分をひそかにサポートし、薔薇色のキャンパスライフへと導いてやろうと考えたのである。何をおいても優先すべきは小津との出会いを阻止することだ。しかし小津が目ざとく私のたくらみを見抜き、「そんなら僕も一緒に行って、当時のあなたをもっとダメな人間にしてやるから」と言いだした。小津と私の時空を超えた戦いは全員一致で却下された。

タイムマシンの行く先を決めるのは思いのほかむずかしい。

「そんならさあ、無難に江戸時代とかにしとけば？」

羽貫さんが言った。「おさむらいさんとか見たくない？」

「それはありですね」と私は言った。「二回ジャンプすれば行けるし」

「ならば諸君、いっそ『幕末』へ行くのはどうだろう」と樋口氏が言った。

それはじつに素晴らしいアイデアだった。幕末の京都といえば本物の坂本竜馬や西郷隆盛や新撰組が路地をうろうろしていた時代であり、まさに映画「幕末軟弱者列伝」の世界である。撮影機材を持っていけば幕末の京都が撮り放題、どれだけ金をかけても撮れないような映像がいくらでも手に入る。「機材を取りに戻ってもいいですか」と明石さんは目

78

を輝かせた。そこへ水をさしたのが城ヶ崎氏である。

「おまえらには危機感というものがないのか?」

「なによ、城ヶ崎君。どうせあなた行かないんでしょ?」

羽貫さんが言うと、城ヶ崎氏は「行くわけないだろ」と吐き捨てた。

「百歩譲ってそのタイムマシンが本物だったとしよう。行った先で故障したらどうするんだ? ずっと幕末で暮らすつもりか?」

「そのときはそのときでなんとかするさ」

樋口氏は飄々と言った。「どんな時代でも人間は生きていける」

たしかに樋口氏のごとき天狗的人物であれば、新撰組や脱藩浪士たちを煙に巻きつつ幕末の動乱をやりすごせるかもしれない。しかし生きる力に乏しい「生粋の現代っ子」といふべき私たちが果たして生き延びられるであろうか。樋口氏をのぞく面々は顔を見合わせた。「やっぱやめとく?」と羽貫さんが囁いた。

しばしの沈黙の後、明石さんが言った。

「まずは近場で試しませんか?」

「とりあえず『昨日』にしておこう」と私は言った。

「そうですね。いざとなれば自力で帰れますし」

ずいぶんスケールダウンしたが、千里の道も一歩からである。

現在の時刻は午後二時半過ぎ、昨日にあてはめてみると、まだ大家さん宅で撮影が続いている頃合いである。我々が撮影を終えて引き揚げてきたのは午後三時半頃から、それまで当アパートは無人のはずだった。我々が銭湯「オアシス」へ出かけたのが午後四時すぎ、そして私が古本市における戦略的撤退を経てアパートへ戻ってきたのが午後六時過ぎ、そこでコーラ事件が起こり……。

ふいに天啓というべきアイデアがひらめいた。

「おい、すごいことを思いついたぞ！」

昨日の今、まだクーラーのリモコンは壊れていない。ということは、タイムマシンで昨日へ行き、壊れる前のリモコンを持ってくれば、二〇九号室のクーラーをふたたび起動できるではないか。これほど有益なタイムマシンの活用法はない。

「なーる」と樋口氏が唸った。「そいつは思いつかなかった」

「タイムマシンを使いこなしてますね。さすがの発想です、先輩」と明石さん。

問題は誰が行くかということであった。

ためしに全員で乗ってみたが、あたかも中国雑技団のごときアクロバティックな体勢を

80

保ち続ける必要があり、下手をすればタイムスリップ中に投げだされてしまう。まずは三人を「昨日」へ送ることにして、メンバー選抜のジャンケンをした。

その結果、第一次探検隊は、樋口氏・羽貫さん・小津の三名に決まった。

明石さんは「ちくしょう」と呟き、自分の出したチョキを見つめてションボリした。「私、ジャンケンの才能がないんです」

「おい、小津。おまえ一度行ったんだから明石さんに譲れよ」

「そいつはごめんこうむります。なにしろ僕は世界でただ一人のタイムトラベラー、いわば当機のパイロットですからね。欠くべからざる人材と言えよう」

羽貫さんが「ちょっと覗いたら帰ってくるから」と明石さんを慰めた。

「私のことは気にしないでください。みなさん、ボン・ボヤージュです」

かくして第一次探検隊（樋口氏・羽貫さん・小津）がタイムマシンに乗りこんだ。

小津は操縦席に座って日付を設定すると、私たちを見まわした。

「それではみなさん。行って参ります」

「リモコンを取ったら、なるべく早く帰ってこいよ」

私は念を押した。「三十分ちょっとで昨日の俺たちが戻ってくるからな」

「あなたにはずいぶんとご迷惑をかけてきましたね。たしかに今回のクーラーの件は痛恨

81　　第一章　八月十二日

の失敗でありました。しかし今や僕らにはタイムマシンがある。たとえ命にかえてもリモコンを手に入れて帰ってきます。それまでどうかお元気で」

「いいから早く行けってば」

小津が「では」とレバーを引くと、閃光そして旋風。彼らを乗せたタイムマシンは消え去って、あとには我々だけが残された。

風鈴だけがちりんちりんと鳴り続けている。

かくして小津たちは「昨日」へと旅立ったわけだが、彼らを見送ったその瞬間から、私の胸中には言いしれぬ不安が芽生え始めていた。

本当に彼らで良かったのだろうか？

樋口清太郎、羽貫さん、そして小津――今にして思えばそれは、思いつくかぎり最悪の人選だったのである。

　　　　○

風鈴が鳴り止んで、あたりはひっそりと静まり返った。

小津たちがタイムマシンとともに消えてしまうと、そこは相変わらずの四畳半アパート

82

である。昼下がりのうだるような暑さが一気に戻ってきたように感じられた。

相島氏が「城ヶ崎さん」と震える声で言った。

「何がどうなっているんです？」

「どうやらあのタイムマシンは本物らしいな」

「まさかそんな。ＳＦ映画じゃないんですから……」

よろめく相島氏に明石さんが「相島さん」と声をかけた。

「そこに立っているとタイムマシンが戻ってきたとき危ないのでは？」

相島氏は「ウヒャッ」と叫んで飛び退いた。

我々はタイムマシンの帰還予想地点を遠巻きにした。ホラー映画のように小津と融合して妖怪小津人間になるのは御免こうむりたい。

なんとも不思議な感覚であった。樋口氏と羽貫さんと小津の三人は「今日」という世界から姿を消し、「昨日」の世界にいるわけだ。昨日の同時刻、樋口氏も羽貫さんも小津も、それぞれが二人ずつ存在していたことになる。

明石さんが「なんだかへんな感じ」と呟いた。

「今日タイムマシンを使ったから小津さんたちは昨日にいるわけです。でも私たちがタイムマシンを見つけるより前、昨日の時点で小津さんたちはすでに来ていたんですよね」

83 　第一章 八月十二日

「モヤモヤするね」

「モヤモヤしますね」

「そもそもタイムマシンってどういうことなのよ」

相島氏が言った。「どうしてそんなものがここにあるの?」

「俺たちが知るわけないでしょう」

「知るわけない? 知るわけないだって?」と私は言った。

「だから俺はさっきからそれを言ってるんだよ」

君たちは平気で乗りまわしているのか?」

城ヶ崎氏はウンザリしたように言った。

そのときである。

「あのう、すいません」

廊下の向こうから遠慮がちに呼びかけてくる声がした。

我々が口をつぐんで一斉に振り向くと、相手はいささか気圧された様子だった。マッシュルームのようにつるりんとした髪型、半袖の白シャツの裾をきっちりズボンに入れた木訥な服装。先ほども姿を見せたモッサリ君である。

すると相島氏が親しげに呼びかけた。

84

「なんだ、君。まだこっちにいるの」

「お知り合いなんですか?」

明石さんが驚いて訊ねると、かえって相島氏のほうが意外そうな顔をした。

「昨日ここで会ったとき、紹介してくれたじゃないの」

「え?」

「小津君のいとこなんだろ?」

我々が仰天したのは言うまでもない。

そんな話は小津から一言も聞いていないのである。

「夏休みを利用して大学を見学に来てるんだよね?」

相島氏が言うと、モッサリ君は薄気味悪そうに後ずさりした。

「いいえ。ちがいますけど」

「は?」

「ちがいますよ」

「おいおい、それはないでしょう。昨日あんなに喋ったじゃないの」

「僕、あなたに会ったことないです。それに小津という人のいとこでもないです」

そしてモッサリ君は聞き捨てならぬ一言を付け加えたのである。

「だって、そもそも時代が違いますから」

時代が違う——その言葉の意味するところは明らかであった。

明石さんが相島氏を押しのけて「どういうこと？」と訊くと、モッサリ君は思わせぶりな笑みを浮かべた。「みなさん。これは驚かずに聞いて欲しいのですが」

そこでモッサリ君は口をつぐんだ。「おや？」と怪訝そうに呟き、廊下に積み上げられたガラクタの山へ駆け寄った。「すいません。ここにへんな機械がありませんでしたか？畳一畳分ぐらいで、レバーとかパネルのついたやつなんですけど……」

「タイムマシンのことか？」

私が言うと、彼は目を丸くした。

「ご存じなんですか！」

「ご存じというか、なんというか」

モッサリ君は嬉しそうにニコニコ笑った。

「じつは僕ね、あれに乗ってきたんですよ。ちょうど二十五年後の未来から！」

○

86

モッサリ君は礼儀正しく「田村といいます」と名乗った。

その顔つきや立ち居振る舞いが初々しいのも当然のことで、田村君は大学一回生であっ
た。ただし二十五年後の五月の一回生である。しかも彼は当アパート下鴨幽水荘の住人であり、
私と同じ部屋、２０９号室で暮らしているという。現在でさえ廃墟に間違えられるアパー
トが四半世紀後も存続しているとは喜ばしくも信じがたい。

「君の時代にはタイムマシンが普通に胸にあるのか？」

私が訊くと、田村君は得意そうに胸を張った。

「いええ。僕らが自分で作ったんですよ」

「自分たちで？」

「ええ。下鴨幽水荘のみんなで」

今から二十五年後の五月のことである。

大家さん（なお健在）がアパートの住人に招集をかけ、下鴨幽水荘二階にある倉庫室の
大整理が決行された。その作業の終了後、バイト代の缶ビールで打ち上げをしているとき、
理学部の大学院生がタイムマシンの実現可能性について語りだした。
その院生は奇抜な理論ばかりを唱えて研究室を半ば追放状態にある男だったが、「タイ
ムマシンは製造できる」と言うのである。やすやすと信じられる話ではなかったが、議論

87　　　　第一章　八月十二日

しているうちに盛り上がり、「そんなに言うなら作ってみよう」という話になった。

学生たちは貴重なサマータイムを費やして部品集めに奔走し、帰省すべきところを帰省せず、大学院生の指揮のもとコツコツとタイムマシンを組み立てていった。友情よりも恋を選んだ仲間の脱落、部品代をめぐる金銭トラブル、大家さんからの家賃督促、工学部大学院から招聘された助っ人外国人の活躍など、本筋とは関係ないので割愛する。

三ヶ月後の八月十二日、汗と涙の結晶たるタイムマシンは完成した。そして最初のパイロットに選ばれた人物が田村君だった。

「みんな最初に乗るのはイヤだっていうんです。まあ、僕は新入生ですし」

「つまり君は宇宙船に乗せられたライカ犬というわけだな」

「そうですそうです」

実験台にされたことを田村君はなんとも思っていないらしい。

そういうわけで、人類初のタイムマシン・パイロットとなった田村君は、きっかり二十五年前の八月十二日、すなわち今朝の午前十時、当アパートに到着した。クーラーのお通夜明けだったから無理もない。アパートに残っている人間たちは不潔な泥のごとく眠りこけていた時刻である。「いくらドアを叩いても返事がなくて」と田村君は言う。そう言われてみれば夢うつつにノックの音を聞い

88

たような気がする。

「そいつは悪いことをしたな」

「もっと歓迎してもらえると思ってたんですけどね。二十五年前の京都って面白そうだし。しょうがないから外へ出て探検することにしたんです。二十五年前の京都って面白そうだし。しょうがないから外へ出て探検することにしたんです。

「さっきはどうして急に逃げだしたの？」

明石さんが訊くと、田村君は苦笑して頭を掻いた。

「いやあ、師匠の姿を見てビックリしちゃって」

「師匠って樋口さんのこと？」

「あの人もタイムマシンに乗ってきたのかと思ったんです。樋口さんは二十五年後も下鴨幽水荘にいるので……あ、こんなこと教えちゃっていいのかな」

「あいつ、二十五年後もここにいるのか？」

城ヶ崎氏はそう言って、「信じられん」と呟いた。

田村君の語るところによれば、樋口清太郎は四半世紀後の下鴨幽水荘においても同じく「四畳半の守護神」であるとも「四畳半にウッカリ墜落した天狗」であるとも囁かれ、アパート随一の古株学生として畏敬の念をもって遇されている210号室に居住しており、「四畳半の守護神」であるとも「四畳半にウッカリ墜落した天狗」であるとも囁かれ、アパート随一の古株学生として畏敬の念をもって遇されている

という。ようするに何ひとつ今と変わっていない。

「僕、樋口さんは留年している学生だと思っていたから、こっちの時代でも姿を見るとは思わなかったんです。師匠からはまったく聞いてませんでしたし」

「だからって逃げなくてもいいだろう」

「なんだか動転しちゃったんですよね、あはは」

田村君は朗らかに笑った。「動転しやすいんですよね僕、こう見えて」

「このこと、師匠には内緒にしておくべきでしょうか?」

明石さんが言い、私たちは「うーん」と考えこんだ。

これから四半世紀このアパートで暮らすという運命を知ったとしても、樋口清太郎は顎を撫でながら「それもまたよし」と言いそうであった。とはいえ、本人が求めてもいないのにわざわざ知らせるのも余計なお世話であろう。樋口氏には内密にしておこうと我々は申し合わせた。「それで師匠はどこにいるんです?」と田村君が言った。

「ああ、ちょっとね。ちょっと昨日へ」と私は言った。

「タイムマシンを使わせてもらってるの」と明石さんが言った。「ごめんなさい。あなたが乗ってきたものとは知らなかったから」

「あ、なーるほど。そういうことですか」

「勝手に使ってごめんなさい」

「いや、べつにいいんですよ。そんなの」

「でも早く帰らないとみんなが心配するでしょう？」

「平気ですよ。だってタイムマシンですもん。出発した直後の時刻へ戻ればいいんです。そうすれば、あっちではぜんぜん時間が経ってないことになりますから」

「あのタイムマシン、時刻設定できるのか？」

私は言った。そんなダイアルは見あたらなかったのである。

田村君は「できないんですか？」と驚いたように言う。

「年数と日付だけだったよ」

「あちゃー、それは気がつかなかった」

田村君はポカンとしたが、すぐに気を取り直して言った。

「それならそれでしょうがないや」

「いいかげんだな」

「僕そういうところあるんですよね、こう見えて」

田村君は「あはは」と笑った。「とりあえずここで待たせてもらいます」

モッサリした未来人はソファにちょこんと腰かけた。

ひとしきり沈黙が続いた。遠くから蟬の声が聞こえてくる。

やがて田村君は「暑いっすねえ」と呟き、唐草模様の手ぬぐいで汗をぬぐった。つくづく未来感に乏しい人物である。それはおそらく我々全員が共有していた思いにちがいないが、とりわけ相島氏はその猜疑心を隠そうともしなかった。

「君はじつにモッサリしているねえ」

「そうですか?」

「未来人には見えませんよ。いやいや、とても見えない」

「ところがどっこい未来人なのです」

ファッションのみならず言葉遣いまで古典的なのである。

未来人らしからぬ未来人を見つめながら、私は二十五年後の世界に思いを馳せた。はたして自分はどんな人生を歩んでいるのだろう。生き延びているとすれば四十代も半ばである。すでに妻も子もあり、人生経験もそれなりに積んで、社会的有為の人材として幅広く活躍していることであろう。それはいいとして、問題は今の四畳半生活の延長線上にその

○

92

ような未来がまるで見えないことだった。言うまでもなく、すべての責任は小津にある。

「未来の京都はどんな感じなの？」と明石さんが言う。

田村君は「そうですねえ」と宙を睨んで呟いた。

「そんなに変わらないですよ。もうすぐ五山送り火ですよね。下鴨神社では古本市をやってるし、鴨川も比叡山もそのままです。もうすぐ五山送り火ですよね。僕らの時代もそうなんです」

「まあ、京都だからな」と私は言った。

「あ、でもひとつ感動したことがあります。高野川の向こうに『オアシス』っていう銭湯がありますよね。あそこ、僕らの時代にはコンビニになってるんですよ。さっき探検に出かけたとき、実物を見られて嬉しかったなあ。ここにお父さんが通ってたんだなって」

「お父さんも京都にいたのか？」

「そうなんです」

田村君は身を乗りだして言った。

「しかもですね、ちょうどこの時代なんですよ！」

そもそも田村君が下鴨幽水荘に下宿することになったのは、入学手続きの日に父親が勝手に決めてしまったからであるらしい。現在からさらに四半世紀の歳月を閲している　から、そのオンボロ廃墟ぶりは推して知るべし、玄関先で尻込みしている田村君に対して、

父親はただ一言、「獅子は我が子を四畳半へ突き落とす」と呟いたという。

気骨ある父親と言わねばなるまい。

下駄箱の名札を思い浮かべてみたが、「田村」という名字は記憶になかった。

「ほかのアパートに住んでいるのかもしれませんね」と田村君は言った。「とにかく今は二十五年前だから、お父さんもお母さんもこの近所をウロウロしているはずなんです」

「待って」と明石さんが言った。「お母さんもいるの？」

「お父さんとお母さんは学生時代に出会ったらしいんです。でもあの人たちは嘘ばかりつくから本当のところは分からない。だからタイムマシンに乗れることになったとき、行き先にこの時代を選んだんですよ。二人の出会いの真相が知りたくて」

「そいつは面白いな。お父さんたちを探してみるか」

そこへ水をさしたのは、またしても城ヶ崎氏である。

「やめとけ。このモッサリ野郎を見て両親が産む気をなくしたらどうする」

「なんてこと言うんです、あなた」

さすがの田村君もムッとした様子だった。

「ほかならぬ僕のお父さんとお父さんですよ。そんなこと思うわけないでしょう」

「いや、だから、おまえはまだ生まれてないわけだろ。おまえの両親は大学生で、まだな

94

んの覚悟もないんだよ。タイムトラベラーならもっと危機感を持て。何か余計なことをし
て両親が不仲になったりしたら、おまえの存在は消えちまうんだぞ」

「僕が消える？　どうして？」

「現在を変えると未来が変わる。あたりまえだろうが」

そこで城ヶ崎氏は何か重大な懸念にとらわれたらしい。宙を睨んで「待てよ」と呟いた。

その表情を見ているうちに、厭な予感が私の胸にも広がってきた。

ふいに明石さんがハッとしたように言った。

「あのリモコン」

それこそ厭な予感の正体であった。

小津たちはタイムマシンに乗って昨日へ行った。もしも彼らが壊れる前のリモコンを手
に入れてくれば、時間の流れは変わる。リモコンにコーラがこぼれた結果としての「今
日」は存在しなくなる。そしてその「今日」に生きる私たちも。

「今ここにいる我々は消えます」と私は言った。

「消えます、じゃねえよ！」

城ヶ崎氏は私の胸倉へ摑みかかった。

「おまえの思いつきだろ、責任取れ！」

95　　　第一章　八月十二日

「そう言われても」

「おい待て。俺たちが消えるぐらいでは済まないかもしれないぞ」

城ヶ崎氏は私を突き放して恐ろしいことを呟いた。

「小津たちが昨日からリモコンを取ってきたことが原因で、何が起こっても不思議じゃない。たとえばの話、リモコンひとつ取ってきたことが、小さな変化の連鎖反応が、昨日の小津を事故死させることだってあり得るわけだ。すると小津は昨日のうちに死んでるわけだから、今日の小津がタイムマシンに乗って昨日へ行くことはできなくなる。もしもそんなことになったら深刻な矛盾が生じるだろうが。そもそも小津が昨日へ行かないなら、昨日の小津が死ぬこともないんだから」

明石さんが眉をひそめて呟いた。

「たしかに矛盾しています。宇宙の摂理に反しています」

ようやく私は城ヶ崎氏の言おうとしていることを理解した。

○

96

映画「幕末軟弱者列伝」を思いだして頂きたい。

二十一世紀の四畳半から幕末へタイムスリップした大学生・銀河進によって引き起こされた歴史改変は、全宇宙消滅という壮大なカタストロフを招来した。

一見投げやりな展開に見えるが、これは我々の議論の論理的帰結なのである。

銀河進によって明治維新が阻止されたとしよう。そうすると、彼が実験中の事故でタイムスリップすることもなく、「銀河進によって明治維新が阻止された」という前提そのものと矛盾をきたす。背理法的に考えるなら、このような矛盾が発生するからこそ「タイムマシンは実現できない」という常識的結論になるわけだ。しかしこの映画はあくまで「タイムマシンは実現できる」という前提に立つ。そうでなければ、そもそもストーリーが始まらないではないか。

ならばタイムマシンによって生じる矛盾をどのように解決すべきか？

その点をめぐって、明石さんと私の間で激論が戦わされた。その詳細は省略するが、我々の辿りついた結論は以下のとおりである。

（1）　タイムマシンは実在する

（2）　しかしタイムマシンによって根本的な矛盾が生じる

（3）したがって、「タイムマシンが実在するこの宇宙」が丸ごと間違っている

映画「幕末軟弱者列伝」の全宇宙消滅という悲劇的結末は、そのような結論から導きだされたものであった。論理的には正しいとしても映画としてはどうなんだと思わざるを得ず、だからこそ私は「これでいいの？」と明石さんに幾度も念を押したのである。

現在の我々が置かれた状況との恐るべき類似が見てとれよう。

たしかに明治維新とクーラーのリモコンでは、そのスケールは段違いである。しかし深刻な矛盾をきたす可能性があるという点ではまったく同じだ。

だとすれば今、全宇宙は消滅の危機に瀕している。

○

城ヶ崎氏は顔面蒼白だった。
「だから俺はやめておけと言ったろうが」
「みなさん、何を本気になってるの」
相島氏が言った。「タイムマシンなんてインチキなんでしょ？」

98

「もういい。おまえは黙ってろ！」

城ヶ崎氏に凄みのある声で言われ、相島氏は小さくなった。

「なんだかたいへんなことになっちゃいましたね」と田村君が言った。

まるで他人事のような口ぶりに腹が立った。「どうして君はそんなに落ち着いてるん

だ」と私が非難すると、田村君は戸惑ったように「だって僕はこの時代の人間じゃないで

すし」と言った。自分がこの時空的トラブルの大元締めであるという自覚がないのである。

時空連続体に対する倫理観が根本的に欠けていると言わねばならない。

「僕はタイムマシンに乗ってこの時代を見学に来ただけなので。勝手にタイムマシンを使

ったのは皆さんでしょう。それなのに僕が悪いんですか？」

そう言われると返す言葉もなかった。

あれほど明石さんと議論しておきながら、本物のタイムマシンを前にして私は何ひとつ

懸念を抱かなかった。私利私欲に目がくらんでいたとしか言いようがない。たかがクーラ

ーのリモコンひとつのために、私は全宇宙を危機的状況に追いやったのである。時空連続

体に対する倫理観が欠けているのは田村君ではなく、他ならぬ私自身であった。

「諦めるのはまだ早いと思います」

明石さんが冷静な声で言った。

「小津さんたちがリモコンを取って帰ってきたら、すぐに元のところへ返しに行きましょう。コーラがこぼれたのは皆さんが銭湯から帰ってきてからですよね。たしか午後六時過ぎ。それまでに気づかれないように戻しておけば、ちゃんと辻褄は合うわけですから」

しかし小津たちはなかなか帰ってこず、刻々と時間だけが過ぎ去っていく。

破滅を待ち受けるような沈黙の中、周囲の現実が硝子のように脆いものに感じられてきた。アパートの蒸し暑さも、風鈴の音も、遠い蝉の声も、何もかもが現実感を失っていく。

明石さんを見ると、彼女はまっすぐ背筋を伸ばし、タイムマシンの帰還予想地点を一心に見つめていた。その横顔にはあいかわらず一粒の汗も浮かんでいない。もし全宇宙が消滅したらこの希有な人も消えてしまうのである。

思わず私は彼女に声をかけた。

「明石さん」

彼女が振り返ろうとした刹那、落雷のような音が響き渡った。

ようやく小津たちが戻ってきたのだ。そう思ってタイムマシンに駆け寄ろうとした私たちは、ギョッとして顔を見合わせた。帰還したタイムマシンは無人だったのである。

明石さんが「どうして」と呟いた。

「向こうで何かあったんでしょうか?」

100

座席を覗きこんでみると一枚の紙が貼りつけてある。そこには天狗の詫び証文のような胡散臭い筆遣いで、次のような一文が記されていた。

諸君も遊びに来たまえ

　　　　樋口清太郎

第二章　八月十一日

　昨年の晩秋、妙ちくりんな夢を見た。

　京福電鉄研究会の内紛によって深く傷つき、俗世との交わりを断ってひとり四畳半に立て籠もっていた頃である。

　それはこんな夢であった。

　長々しい惰眠から目覚めた私は万年床から身を起こす。いつもどおりの天井、いつもどおりの四畳半、いつもどおりの静けさ。しかし妙な胸騒ぎがする。共用便所へ行こうとしてドアを開くと、そこにアパートの廊下はなく、まるで鏡に映したような四畳半があった。その四畳半の窓の向こうにも四畳半があった。どこまで行っても四畳半だった。いつの間にか、私は奇怪な四畳半世界へ閉じこめられていたのである。荒唐無稽でありながら、妙

にリアリティのある夢だった。

この夏休み、私はたびたびその妙な夢のことを思い返してきた。

というのも、この不毛な夏休みの一日一日が、あの夢に出てきた無数の四畳半のように思われたからである。昨日と同じ今日、今日と同じ明日……時空の彼方まで延々と連なる、代わり映えのしない四畳半の大行列。昨日が今日と同じで、今日と明日も同じであるなら、この夏にどうして終わりがあり得よう。

私は永遠のサマータイムをさまよっている——。

○

明石さんとタイムマシンに乗って「昨日」へ到着したとき、そこが本当に「昨日」なのか、一見しただけでは分からなかった。うだるような午後の暑さ、廊下に積み上げられたガラクタ、風に揺れる風鈴の音……これほど違いの分かりにくい時間旅行もあるまい。

しかし樋口氏の２１０号室のドアには「大家さん宅にて映画出演中」と書いた紙が貼りつけてあった。樋口氏は電話を持っていないので、外出の際には必ずその理由を書いてドアに貼り、訪ねてきた弟子や友人たちの便宜を図っている。ということは、今まさに大家

さん宅で映画「幕末軟弱者列伝」が撮影中なのだ。

「明石さん、ここは本当に昨日らしいぞ」

ふり返ると明石さんはしゃがみこんで、弱々しく背中を丸めている。

「すいません。ちょっと酔っちゃって……」と彼女は言った。

たしかにタイムマシンの乗り心地は快適とは言いがたい。時間を越える瞬間には眩暈が したし、内臓を揺さぶられるような感触は厭なものだった。しかし私はなんともないのだ から、明石さんはよほど時間旅行が体質に合わないのだろう。

彼女は私の手を借りて立ち上がり、廊下のソファに倒れこんだ。

「先輩……リモコンを早く……」

つい先ほど——といっても「明日」のことだが——からっぽのタイムマシンが戻ってき たとき、全宇宙消滅の危機に直面した我々の取るべき道はただひとつだった。タイムマシ ンに乗って「昨日」へ行き、クーラーのリモコンがきちんと壊れるように辻褄を合わせた 上で、小津たちをすみやかに連れ戻すことである。

城ヶ崎氏は「なんとかしろ」と言うだけでタイムマシンに乗ろうとしないし、相島氏は 鼻で嗤うばかり。田村君は「僕も行きます」と言ってくれたが、その申し出は丁重にお断 りした。なおさらややこしくなるからだ。

104

今や全宇宙の命運は明石さんと私の肩にかかっている。

現在は午後三時すぎ、そろそろ「幕末軟弱者列伝」の撮影が終わる頃合いであった。間もなく撮影部隊がこのアパートへ引き揚げてくる。

「どこだ？ どこだ？」

自室や廊下を探しまわったがリモコンはどこにも見あたらない。

考えられる可能性はひとつしかなかった。

小津である。

「探しに行かないと」と明石さんが言った。

「いや、明石さんは少し休んだほうがいい」

「そういうわけにはいきません。みんな戻ってくるし……」

彼女は身を起こしたが、ふたたび「おえッ」と嘔吐いて涙目になった。私はタイムマシンを物干し台へ運びだし、干してあった布団で覆うことにした。カモフラージュ作業に勤しんでいる間も、大家さんの家からは学生たちの賑やかな声が聞こえてくる。

映画サークルの連中が撤収作業を進めている。

物干し台から引き返したとき、廊下の向こうから歩いてくる人影が目に入った。西郷隆盛に扮したその人物は怪訝そうな顔でこちらを見つめている。

「あれ。おまえら、もう戻ってきたのか?」

それは(昨日の)城ヶ崎氏であった。

明石さんがゆっくりとソファから身を起こした。

自分たちの一挙手一投足が時間の流れに影響を与え、この宇宙を危機にさらすと思えば迂闊なことは言えない。明石さんも私も凍りついたように口をつぐんだ。

城ヶ崎氏はいっそう怪訝そうな顔になった。

「おまえら、なんかおかしくない?」

「何ひとつおかしくないです」と私は言った。「きわめて普通」

暑苦しい衣装を早く脱ぎ捨てたいのであろう、城ヶ崎氏は「まあいい」と首を振って2O9号室へ入ろうとした。しかし一歩踏みこんだ途端、汗だくの偽西郷隆盛は「なんだよこれ!」と叫んで仰け反った。「おい、リモコンをよこせ」

「リモコンならそこにあるでしょう」

「いや、ないぞ」

「ないから言ってるんだ。こんな蒸し風呂で着替えろってのか?」

「何を仰るやら……ないわけがない」

城ヶ崎氏は着流しの下に詰めこんだタオルを忌々しそうに引きずりだしつつ、「リモコ

106

ンをよこせ」と詰め寄ってきた。よくもそこまで居丈高になれるものだ。しかしリモコン
はどこにもないのである。のらりくらりと言い訳を続けているうちに、城ヶ崎氏はこちら
の態度にあらためて不審の念を抱いたらしい。「やっぱりおかしいぞ」と言う。

「ここで何してる。まだ撤収作業は済んでないだろう?」

「ちょっと用事があったんですよ。すぐにあちらへ戻りますから」

「それにおまえら、いつの間に着替えた?」

「着替えてませんよ」

「いやいや、着替えてるだろ」

「気のせいですよ。撮影でお疲れなんですよ」

「いや、俺の目に間違いはない。絶対に着替えてる」

突然、明石さんが立ち上がり、「いささか干渉しすぎではありませんか?」と怒りを含
んだ声で言った。その頰にはようやく血の気が戻ってきている。

「私という人間があっちにいようがこっちにいようが、着替えていようが着替えていまい
が、そんなことは私の自由です。どうして私の行動をいちいち城ヶ崎さんに報告しなけれ
ばならないのですか? サークルの先輩だからといって私の個人的な行動を監視する権利
はないはずです。明白なプライバシーの侵害に対して私は断固抗議します」

107　　　第二章　八月十一日

「ちょ、ちょ、ちょっと待ってくれ!」

城ヶ崎氏は持ち前の打たれ弱さを露呈した。

「ちがうんだよ、明石さん。君のプライバシーを侵害するつもりはないんだ」

「それなら放っておいてもらえます?」

「俺はクーラーのリモコンが欲しいだけで」

「だからリモコンはあります。さっきからそう言ってます」

「いや……でも……だから……うん」

城ヶ崎氏はひとまわり小さくなって口をつぐんでしまった。

そこへ(昨日の)相島氏が「おつかれさまでーす」と言いながら歩いてきた。彼は明石さんと私の顔を見ると、「あれ?」と頓狂な声を上げた。

「君たち、いつの間に戻ってきたの。まだ撤収作業中でしょ?」

モタモタしていれば(昨日の)我々が戻ってきてしまう。こうなれば城ヶ崎氏たちを蹴散らしてでも切り抜けるしかない。そう決意して身がまえたとき、伝説のロックスターのごとき「Yeahhhhhhhh!!!」という声が廊下に響き渡った。

ギョッとして振り向いた我々の視線の先には羽貫さんが仁王立ちしていた。

彼女は両腕をつきあげて高らかに叫んだ。

108

「タイムマシンって最高ッ!」

○

明石さんと私が顔面蒼白になっているにもかかわらず、羽貫さんは楽しそうに踊りなが
ら近づいてきた。時空連続体がミシミシと軋む音が聞こえてきそうだ。

「みんなも来たのね? 来ちゃったのね?」

「なんだよ、羽貫。えらくテンション高いな」

「ちょっと待って、城ヶ崎君。どうしてそんなに澄ましてられるの。信じられない。ちゃ
んと味わってる? この貴重な経験を味わってる?」

「味わうって何を?」

「じれったい人ね。もっと素直に感動して!」

羽貫さんが致命的な勘違いをしていることに私は気づいた。

彼女がタイムマシンに乗ったとき、その場には城ヶ崎氏・相島氏・明石さん・私がいた。
そして今ここにいるのもまったく同じ顔ぶれである。羽貫さんはここにいる全員がタイム
マシンに乗ってきた明日の私たちだと思っているのだ。

109　　第二章　八月十一日

「酔っ払ってますね、羽貫さん」

「いやね。酔っ払ってるわけないでしょ」

「酔っ払ってる人はみんなそう言うんです」

明石さんも駆け寄ってきて、羽貫さんに目配せした。

「羽貫さん、酔いをさましに行きましょう」

「いや、だから酔ってないってば……」

「酔ってます、でろんでろんに酔ってます。行きましょう」

我々は羽貫さんを引きずるようにしてその場をはなれた。

「わからん」という呆れ声が聞こえてくる。背後から城ヶ崎氏の「わけが

ともあれ羽貫さんの大胆きわまりない乱入によって、危機的状況を切り抜けられたのは

幸いであった。階段にさしかかると、羽貫さんは「なんなのよもう」と我々の腕をふりほ

どいた。「それはこっちの台詞ですよ」と私は言った。「危うく宇宙が消滅するところだ」

「……なによそれ。何の話?」

「あの人たちは昨日の城ヶ崎さんと相島さんなんです」

「え、そうなの? タイムマシンで来たんじゃないの?」

「タイムマシンで追いかけてきたのは明石さんと俺だけです。だいたい、見れば分かるで

110

しょう？　城ヶ崎さんは西郷隆盛の恰好をしてるんだから」

「あ、そうか。ごめんごめん」

「くれぐれも慎重に行動していただきたい！」

「そんなに怒らなくてもいいじゃない」

「ちょっとしたミスが宇宙を滅ぼすことになるんですから」

「だからさあ。さっきから言ってるそれは何の話なの？」

くどくど説明している時間はない。小津たちの居どころを訊ねると、「オアシスで張り込みするんだって」と羽貫さんは言った。「昨日樋口君のシャンプーを盗んだ犯人を見つけるつもりなのよ。ほんと阿呆よね」

「あいつら宇宙を滅ぼす気か？」

「連れ戻しましょう」

明石さんは先に立って階段を下りていく。

しかし踊り場へさしかかったとき、彼女は「ダメです」と立ちすくんだ。撮影部隊が引き揚げてきたらしい。一階の玄関からドッと賑やかな声が聞こえてきた。我々は身を翻して階段を駆け上り、階段脇にある共用便所へ滑りこんだ。ドアの内側で息を殺していると、ドヤドヤと階段を踏み鳴らして大勢の人間が上がってきた。

昨日の明石さんと私のやりとりが聞こえてくる。

「先輩たちはこれからオアシスに行くの？」

「そうだよ。明石さんはどうするの？」

「片付けが済んだら古本市に行こうと思って」

映画撮影終了後、たしかにそんなやりとりがあった。デジャヴのようでデジャヴではない。正真正銘の反復なのである。

明石さんがドアに耳をつけて囁いた。

「私って、あんな声なのですか。へんてこな声ですね」

「そんなことないと思うけど」

「いいえ、へんてこな声です」

そう言って、明石さんはしきりに恥ずかしがっている。

ふいに何者かが便所へ入ってこようとした。

すかさず私はドアノブを摑み、ドアに身体を押しあてて踏ん張った。

ドアの向こうで「トイレに入れないんですけど」という小津の声が聞こえた。「壊したのか？」という樋口氏の声に、「めっそうもない！」と小津が答える。樋口氏と小津が力を合わせてトイレのドアを開けようとす

パタンパタンとゆったりした足音が近づいてきた。

112

るので、こちらは三人がかりでおさえつけた。

やがて彼らは諦めたようだった。

「まあいいや。銭湯でします」

「貴君、その白塗りのまま銭湯へ行くつもりか？」

「キモチワルイでしょう。このキモチワルサが自分でも名作だと思うんです。電気風呂で

ぴくぴくしてたら、もっとキモチワルイと思いませんか？」

「たしかにキモチワルイことこのうえない」

「というわけで早く行きましょうよ、師匠」

「いや、待ちたまえ。ヴィダルサスーンを取ってこよう」

驚くほど中身のない会話を終え、樋口氏と小津は遠ざかっていく。

私はドアを細めに開けて、近くに人がいないことを確認すると、「行こう」と言った。

階段を下りる直前、廊下の奥に目をやると、駅のホームのような雑踏の中、ぽつんと壁

にもたれている自分の姿が見えた。すぐ目と鼻の先に（昨日の）自分が立っている――そ

れは不気味かつ新鮮な経験だった。ここで（昨日の）自分に声をかけたらいったい何が起

こるのだろう。魅入られたように見つめていると、（昨日の）自分がこちらを向いた。私

は間一髪のところで身を隠した。

明石さんが踊り場で振り返り、押し殺した声で私を呼ぶ。

「先輩、はやく!」

私は急いで階段を駆け下りた。

○

アパートから炎天下の住宅地へ出たのは午後四時前、傾き始めた太陽が足下に色濃い影を落とし、街路樹では蝉が鳴いていた。

まるでデジャヴのようだと私は思った。

しかしこれはデジャヴではない。　紛う方なき反復なのだ。

「こういうことだったんですね」

明石さんは足早に歩きながら、ひとり納得したように頷いている。

「昨日撤収作業を終えてアパートへ戻ったら、城ヶ崎さんたちの様子がおかしかったんです。へんな目をして私を見るし、なんだか怖がってるみたいだし。城ヶ崎さんたちはアパートで未来の私と会っていたわけですね。でもこれで謎が解けました。

「ということは辻褄は合っている?」

114

「そう思います」

　しかしどうも今ひとつ腑に落ちない。

　腑に落ちないといえば、羽貫さんの破天荒な冒険である。

　銭湯へ向かう道中で羽貫さんの語ったところによると、一時間ほど前にタイムマシンでこちらへ到着するや、彼女は樋口・小津組とは別行動を取って、映画「幕末軟弱者列伝」の撮影現場へ潜入していたというのだ。

「こういうときタイムマシンって便利よね」

　走馬灯のように脳裏をよぎったのは、昨日の撮影終盤、現場に姿を見せて楽しそうに活躍していた羽貫さんの姿である。カメラの後ろから樋口氏の演技に注文をつけたり、小津が白塗りメイクを直すのを手伝ったり、疲労困憊のスタッフたちに生温いカルピスを配ったりしていた。私も「やふーい、おつかれさま」と声をかけられた。今お気軽に明かされる衝撃の事実、あれは未来からきた羽貫さんだったのである！

「でも辻褄は合ってるでしょ。現に昨日、私は撮影現場にいたわけだし」

　たしかに辻褄は合っている。

　しかし本当にこれでいいのだろうか。

　最寄りの銭湯「オアシス」は、下鴨泉川町から御蔭通へ出て、高野川を東へ渡った住宅

115　　　第二章　八月十一日

地にある。大きく「ゆ」と染め抜いた暖簾といい、主人の座りこんでいる番台といい、大きな籠のならぶ脱衣場といい、まさに銭湯のイデアというべき純然たる銭湯であるが、ここに同一の文章を反復しているように、我々の辿りついた銭湯もまた純然たる反復に他ならない。昨日の我々に追いつかれる前にいずれ城ヶ崎氏・樋口氏・小津・私がここへやってくる。

未来の樋口氏と小津を連れださねばならぬ。

しかし暖簾をくぐろうとして、私はふと手を止めた。

「羽貫さん、昨日オアシスにいましたよね?」

羽貫さんはウンザリしたような声をだした。

「さっきもそんなこと言ってたよね。だから銭湯なんて行ってないってば」

それはおかしい。昨日、たしかに私はオアシスで羽貫さんの声を聞いた。女湯から「ひぐちくーん、じょうがさきくーん」と呼びかけてきたではないか。

ひょっとすると、あれもまた「未来からきた羽貫さん」だったのか?

であるなら、いささか厄介なことになる。今ここで樋口氏や小津を連れ戻すだけでは足りないのである。羽貫さんにも銭湯に入ってもらい、後ほど男湯に入ってくる(昨日の)我々に声をかけてもらわねばならないのだ。どうしてそんなことをしなければならないのかといえば、「昨日がそうだったから」としか答えようがない。

116

案の定、羽貫さんは私の提案に渋い顔をした。

「イヤよ、そんなの。面倒臭い」

「だって昨日、あなたは女湯にいたんですから……」

「だから入ってないってば。何遍言わせるのよ、もう」

昨日入っていないからこそ今日入らねばならないのである。

　私はタイムマシンで過去を改変する危険性を必死に訴えた。下手をすれば羽貫さんや私、それどころか宇宙全体が消え去ってしまう。今ここで羽貫さんが女湯に入るか入らないかによって宇宙の命運が決まるのだ。途中から明石さんが助太刀してくれたおかげで、羽貫さんも半信半疑ながら「しょうがないわね」と頷いた。

　私は昨日のオアシスにおけるやりとりを説明した。羽貫さんがそのとおり喋ってくれるか不安に思っていると、明石さんが「暗記しました」と言った。

「私も一緒に入りますから大丈夫」

「明石さん、頼む」

「まかせてください」

　彼女は私を見つめて頷いた。

　そして我々はオアシスの暖簾をくぐったのである。

番台では顔馴染みのじいさんが居眠りをしていた。

このじいさんはたいてい居眠りをしており、無人銭湯と変わりない。

私は入浴料を番台に置いて脱衣場を見まわした。下鴨幽水荘に暮らすようになってから幾度この情景を眺めたことであろう。木製の棚にならぶ古びた脱衣籠、コーヒー牛乳や青汁の入った冷蔵庫、ガリガリとうるさい扇風機、信頼性に欠けるポンコツ体重計。

私は脱衣場の隅の不吉な暗がりへ呼びかけた。

「おい、小津。こんなところで何してる」

妖怪ぬらりひょんはマッサージチェアに身をあずけ、「うぎぎ」と奇声を発しながら白目を剝いていた。そのマッサージチェアは使用後たちどころに体調が悪化するという病的傑作であり、「人殺し電気風呂」および「農学博士のヘンタイ青汁」とならんで、銭湯オアシスが誇る三大拷問装置として広く知られている。そんな自虐的苦痛をわざわざ味わいたがるのは左京区広しといえども、人類の暗い実存を体現する小津ぐらいである。

小津は私に気づき、「あなたも来たんですね」と嬉しそうに身を起こした。

118

「昨日へようこそ。タイムマシンの乗り心地はいかがでした?」

「そんなことよりクーラーのリモコンはどうした?」

「ご安心召されよ。ここにしっかりと確保しております」

小津はズボンのポケットからリモコンを取りだすと、うやうやしく差しだした。

そのリモコンを受け取ったとき、私は安堵するとともに深い哀しみを味わった。このリモコンこそ栄光の未来への扉を開く魔法の杖だ。にもかかわらず、私はみずからこのリモコンに引導を渡さねばならないのである。これを悲劇と言わずしてなんと言おう。

「このリモコンは元の場所へ返す」

「どうして! せっかく手に入れたのに」

「タイムマシンを濫用すれば宇宙を消滅の危機にさらす。おまえらも余計なことをせずに今すぐ明日へ帰ってくれ。樋口さんはどこだ?」

「とっくに張り込んでますよ、お風呂の中で」

私は脱衣場を横切って硝子戸を開いた。天窓から夕方の陽射しが降り注ぐ中、樋口氏は右手にある大きな湯船につかっていた。彼はゆっくりと手を挙げて「貴君も来たのか」と言った。その悠揚迫らざる態度に「張り込み」の緊迫感は皆無である。今すぐ上がってくれと頼んでも、樋口氏は「いやいや」と首を振るばかりであった。

「力ずくで連れていくぞ。小津、手伝え」

振り返った瞬間、私は悲鳴を上げそうになった。

「おい、どうして服を脱ぐ！」

「お風呂に入るためですよ、もちろん」

「おまえ、俺の言ったことを理解していないのか？」

「これから師匠のシャンプーを盗んだ犯人を捕まえるんです。タイムマシンを有効に活用しないと」

小津は私を押しのけて浴場に入った。

樋口氏にしても小津にしても、わざわざ宇宙を滅ぼそうと企んでいるとしか思えない。昨日の自分たちが銭湯へ到着するまであと五分もない。やむを得ず私は番台に小銭を置いてタオルを手に取り、服を脱いで浴場に入った。

脱衣場の掛け時計は午後四時十五分を指していた。昨日の自分たちが銭湯へ到着するまであと五分もない。やむを得ず私は番台に小銭を置いてタオルを手に取り、服を脱いで浴場に入った。

あたりを見まわしたが我々の他に誰もいない。「これはおかしい」と私は思った。昨日我々がオアシスへやってきたときには他に三人の客がいたはずだ。全員そろって頭にピタリとタオルを巻き、湯船に背を向けて延々と身体を洗い続けていた。なんとも妙な連中だったからよく憶えている。しかし今、この浴場には我々三人しかいないのである。

120

私は樋口氏と小津を湯船から引きずりだした。

「タオルを頭に巻け。急げ！」

壁際にならんだシャワーの前に三人そろって腰を下ろせば、あの妙な三人組そのままだった。昨日銭湯に来たとき私が見たのは、我々自身だったのである。

「昨日の俺たちに勘づかれるな。バレたら宇宙は消滅する」

「でも僕たちはシャンプー泥棒を捕まえなくちゃいけませんからねえ」

「そうとも。悪党には鉄槌を下さねばならぬ」

「樋口さん、シャンプーぐらい買ってあげますから」

「そういう問題ではないのだよ、貴君。これは正義の問題なのだ」

硝子戸の向こうから人声が聞こえてきた。そちらを見ると、（昨日の）城ヶ崎氏が番台で入浴料を払っている。あとから（昨日の）自分たちが入ってくる。

「やつらが来たぞ」と私は言った。

○

（昨日の）我々は広い湯船につかってポカンとした。

121　　第二章　八月十一日

ちゅうちゅうタコかいなと、小津がヘンテコな歌を歌った。

「幕末軟弱者列伝、面白い映画になりそうですね」

「そんなわけあるか」と城ヶ崎氏が唸った。

「おや、城ヶ崎さんは何かご不満でも?」

「あたりまえだ。あんなポンコツ映画、俺は絶対に認めないぞ」

「明石さんは満足してましたけど」

「映画とは社会への訴えであって、もっと真摯に作られるべきものだ。だいたい脚本からしてメチャメチャだ。あんなものを映画にしようなんて考える時点で社会を舐めてる。彼女は才能を無駄遣いしていると俺は思うね」

「どうせ素人映画でしょ」

「おまえみたいなやつが文化を衰退させるんだ」

「何はともあれ私の演技が素晴らしかったことは否定できまい」

樋口氏が唐突に自画自賛した。「ニッポンの夜明けぜよ!」

かくのごとき会話が湯船で繰り広げられている間、我々は壁際で黙々と身体を洗いながら聞き耳を立てていた。「なんと暢気なやつらだろう」と怒りさえ覚えた。なにがニッポンの夜明けか。宇宙が消滅してしまえば何の意味もない。なにが文化の衰退か、なにが

「ヴィダルサスーンはまだ洗面器の中にあるようだ」

樋口氏は私の左でじゃぶじゃぶと身体を洗いつつ、背後の様子を窺っている。宇宙の危機が迫っているというのにシャンプー泥棒のことしか念頭にない。

「樋口さん、お願いだから余計なことをしないでください」

「この好機を生かせずしてなんのタイムマシン」

この男湯には、樋口氏も小津も私も二人ずつ存在している。しかも全員全裸である。この醜悪なトリプルペアの存在を隠し通さなければ我らの宇宙に未来はない。そして隣の女湯では、時空の辻褄を合わせるべく羽貫さんと明石さんが待機している。この銭湯において宇宙の存亡を賭けた駆け引きが行われているとは番台のじいさんは夢にも思うまい。

おそるべきことに、やがて湯船から出てきた（昨日の）樋口氏が、（今日の）樋口氏の左隣に腰を下ろし、身体を洗い始めた。

さらに彼らは中身のない世間話を始めたのである。

「夏の銭湯もいいものですな」

「まったく同感です」

「しかし冬の銭湯もいいものですよ」

「ええ、それもまったく同感です。気が合いますな」

宇宙がねじ曲げられていくような恐怖に襲われ、私は（今日の）樋口氏の脇腹を必死につついたが、彼は意に介する風もない。樋口氏と樋口氏は意気投合して、あろうことか握手さえ交わした。

（昨日の）樋口氏がヴィダルサスーンを差し出した。

「これはいいシャンプーでしてね。使ってごらんなさい」

「やあ、これはありがたい」

（今日の）樋口氏はシャンプーを受け取って愛おしそうに見つめた。（昨日の）樋口氏は俯いて毛髯をペタペタと撫でている。私はもはや生きた心地もしない。

そのとき女湯から艶めかしい声が聞こえてきた。

「ひぐちくーん、じょうがさきくーん」

（昨日の）樋口氏は「おや」と天井を見上げた。

「羽貫か？　めずらしいな」

「たまには私も銭湯へ行ってみようと思ってさ」

のんびりした羽貫さんの声が響く。「いいねえ、こういうのも。　優雅だね」

羽貫さんの名演に安心したのも束の間、（昨日の）樋口氏が髪を洗い始めるのを見て、

（今日の）樋口氏も頭を包んでいたタオルを脱ぎ捨てて髪を洗い始めた。シャワーで泡を

124

洗い流せば、二人が同一人物であることは一目瞭然となってしまう。

（昨日の）私が立ち上がって浴場から出ていこうとしたのはそのときである。

「先に帰ります。ちょっと用事があるんで」という声が聞こえてきた。（昨日の）小津が電気風呂でぴくぴく痙攣しながら、「もうお帰り？」と声をかけている。「もっとノンビリすればいいのに」

私の右側にいる小津が耳打ちしてきた。

「昨日不思議に思ったんですけどね。あなた、どうして急に帰ったんです？」

「べつになんでもない。ちょっとした用事があってな」

「はは―ん」

「ちょっと今、忙しいんだ。　黙っててくれ！」

「女でしょう？」

私はギョッとして小津を見た。

小津は「図星ですな」と呟き、ヌルリと不気味に立ち上がる。

「なーるほどね。そういうことなら昨日のあなたを尾行してやろう」

私は「よせ！」と摑みかかったが、小津はつるんと逃れて脱衣場へ向かった。

すぐさま追いかけたいのは山々だったが、今は樋口氏の正体が露見するかしないかの瀬

戸際にある。しかも脱衣場では（昨日の）私自身が着替え中である。

樋口氏に頭からシャワーを浴びせてタオルを巻きつけていると、（昨日の）私がそそくさと銭湯から出ていくのが見えた。私は樋口氏の腕を摑んで浴場を横切った。しかし間一髪で間に合わず、私が脱衣場へ出ると同時に小津は銭湯から飛びだしていった。暖簾をくぐる直前、一瞬こちらを振り向いた小津の悪魔的微笑は忘れがたい。

私が地団駄踏んでいると、樋口氏が声をかけてきた。

「イライラしたもうな、貴君」

「イライラさせているのは誰です？」

「そう怒りたもうな。おとなしく引き揚げるから」

そう言って樋口氏が得意げに見せたのはヴィダルサスーンだった。

「盗まれる前に盗んでおくことにしたよ。辻褄は合うだろう？」

たしかに辻褄は合っている。

しかし本当にこれでいいのだろうか。

樋口氏は銭湯でヴィダルサスーンを盗まれた。だからこそタイムマシンに乗ってここへ来た。しかしヴィダルサスーンを盗んだ犯人は、タイムマシンに乗ってきた樋口氏本人であった。樋口氏が樋口氏のものを盗んで、盗まれた樋口氏がまた樋口氏のものを盗む。こ

126

の時空を超えたひとり相撲に対して、俺はどう対処すべきなのか？

茫然としている私を尻目に樋口氏はゆうゆうと着替えを始めた。

あまりの阿呆らしさに気が遠くなったが、私は脱衣場の天井を見上げて大きく深呼吸をした。「これでいいんだ」と呟いた。たしかに樋口氏の言うとおり、これで辻褄は合っている。わざわざ文句をつける筋合いはない。たとえ不毛であろうとも辻褄が合いさえすればそれでいい。今後この件について思い煩うのは一切止めよう。

急いで服を着こみ、私は番台に近づいた。うずたかく積み上がった小銭を前にして、じいさんは相変わらず幸福そうに居眠りしている。

「明石さん、そこにいるか？」

明石さんが衝立の向こうから顔を覗かせた。

「それはあとで話す。そんなことより」

「うまくいきましたか？」

「うまくいった」

「シャンプー泥棒の正体は？」

「私はクーラーのリモコンを明石さんに託した。これを元のところへ戻しておいて」

「やっぱり小津が持っていた。これを元のところへ戻しておいて」

「先輩は戻らないんですか?」

「俺は小津を捕まえに行く。明石さんは先にアパートへ戻って、樋口さんと羽貫さんを未来へ送り返してくれ。あの人たちは危なっかしくてしょうがない」

明石さんは頷いてから怪訝そうに言った。

「でも小津さんはどこへ?」

「行く先は分かってる」

　　　　　○

銭湯から出ると、八月の長い夕暮れが始まっていた。

「ヤバイぞ、ヤバイぞ、ヤバイぞ」

私はぶつぶつ呟きながら御蔭通を西へ向かった。

昨日のできごとを思い返してみよう。銭湯をあとにした私は、下鴨幽水荘へ帰る途上、古本市へ向かう明石さんの姿を見かけた。そして「千載一遇の好機!」と勇み立ち、彼女を五山送り火に誘うべく追いかけたものの、名誉ある撤退を選んだのであった。

――昨日のあなたを尾行してやろう。

128

そう言って小津はオアシスを出ていった。

八月十一日午後四時半現在、明石さんを追う私を追う小津を私が追っている。なんとしても小津に追いつかねばならなかった。さもなければ、明石さんを誘うに誘えず、しょんぼりと古本市から撤退する勇姿を目撃されてしまう。

それだけでも筆舌に尽くしがたい恥辱だが、問題はそのような人間喜劇を目撃したあとの小津の行動である。他人の不幸で飯が三杯喰えると豪語する男がおとなしく物陰で見守っているはずがない。あまりのオモシロさに我を忘れ、時空の秩序を破壊するような暴挙へ及ぶに決まっている。

創造よりも破壊――それこそが小津の信条なのだ。

○

私が小津と出会ったのは「京福電鉄研究会」という学内サークルであった。

その名称からして鉄道マニアの集いと思われがちだが、いわゆる鉄道愛好会とは趣きが異なる。というのも、そのサークルは「かつて京都と福井は京福電鉄によって結ばれていた」という仮説に基づいて設立された妄想系鉄道サークルだったからである。サークル内

の伝承によると、嵐電・叡電・福井の京福という三路線はかつて「鯖街道線」という一つの長大な路線だった。今でも街中のあちこちに鯖街道線の遺跡を見いだすことができる。

これは純然たるホラ話であり、読者諸賢は信じてはいけない。

サークルの主たる活動は、存在しない鯖街道線の「廃線跡」を辿り、当時の「遺跡」を発見することだった。サークル員たちはいずれ劣らぬ具眼の士であり、街中だろうが森の中だろうが、ありとあらゆるところに遺跡を見つけることができた。半日ほど調査活動に精を出したあとは、馴染みの居酒屋で総括をした。その日もっとも「それっぽい発見」をした人間は生ビールを一杯奢ってもらえるしきたりで、かつて私も福井から京都へ海産物を運んだ「鯖列車」の車庫を発見した業績によって、その栄誉に浴したことがある。ようするに「京福電鉄研究会」とは、妄想的仮説に基づいて架空の鉄路に思いを馳せる、この

うえなく知的な大人の遊びであった。

物好きな新入生を二人迎えた五月中旬のことだった。新緑もみずみずしい鞍馬山中の調査活動を終えた我々は、出町柳近くの居酒屋で新歓の宴を開いていた。「それっぽい発見」をした人間への生ビール贈呈式も終わり、新入生たちの自己紹介も済んだところで、

「皆さん、今年は思いきったことをしませんか」と言いだしたのが小津である。

「サークルの活動を同人誌にまとめて学園祭で売るんです」

130

鯖街道線のロマンを広く世に知らしめよう、というのである。

その案には当初から慎重論を唱える仲間もあった。曰く、鯖街道線は我々ひとりひとり
の心の中にある「我が心の鉄路」である。みんなちがって、みんないい。しかし同人誌に
まとめるということになれば、ある程度客観的な形に収斂させることは避けられず、それ
ぞれが抱いている夢想の相違点もあらわになってしまう。それはこの研究会の自由な気風
を損なうことになるであろう。

今にして思えば、その意見はまったく正しかった。

その春から夏にかけて「京福電鉄研究会」の雰囲気は悪化の一途を辿った。

もちろん原因は小津の提案した同人誌にあった。同人誌計画をきっかけにメンバーの頭
に居座り始めた「現実的な」「合理的な」「採算性重視の」あるべき鯖街道線が争いの火種
となった。あれほど紳士的におたがいの妄想を尊重していた男たちが、次第に他のメンバ
ーの妄想に対して「それは現実的ではない」「合理的ではない」「採算が取れない」などと
ケチをつけるようになってきたのである。

祇園祭の頃、下鴨幽水荘へ訪ねてきた小津に私は言った。

「どうもキナ臭いことになってきたな」

「まったく皆さん、どうしちゃったんでしょうねえ」

「おまえのせいだろ。責任取れ」

「でも僕としては良かれと思って提案したわけですから」

小津は気楽そうに言った。「まあこういう時期もありますよ。人間だもの」

しかし夏休みに入ってもメンバー間の対立はおさまる気配がなく、もとより同人誌の内容もまとまらなかった。いっそ同人誌なんて止めてしまおうという私の呼びかけも無視された。他の連中は「今さら後に引けるか」という気持ちだったのであろう。私はなんとか溝を埋めようとして融和を説いてまわったが、「おまえには自分の意見というものがない」と非難される始末であった。

しかもそのように私を非難してきた急先鋒が、当研究会の「自由な気風」が失われることを惜しんで慎重論を唱えていた本人なのだ。いつの間にやら彼は攻撃的な言辞で四六時中周囲に斬りかかる難癖マシンと化していた。あまりの難癖のひどさにその男が半ば追い出されるように「京福電鉄研究会福井派」を立ち上げて独立したのが初秋のことだったが、それでも内紛はおさまることなく、残されたメンバーは嵐電派と叡電派に分かれて激しく争い、もはや学園祭のことなど話題にものぼらなくなった。

結局それぞれが「嵐電研究会」と「叡電研究会」として独立し、残されたのは小津と私の二人だけである。とはいえ、その頃には私もすっかり内紛に厭気がさしており、他のメ

132

ンバーたちとの連絡も絶ち、下鴨幽水荘に引き籠もっていた。

そろそろ寒さが身に染みてくる十一月下旬、電熱器でひとり淋しく魚肉ハンバーグを焼いている私のもとへ、小津がふらりと訪ねてきた。二人で夜更けまで酒を飲んだ。

「誰もいなくなっちゃいましたね」

「おまえと二人でもやることがない。　解散しようぜ」

「やれやれ、そうしますか」

かくして旧「京福電鉄研究会」は消滅したのであった。

ところがこの興亡記には後日談がある。

十二月中旬になって、長らく福井方面に潜伏して調査活動に従事していた「京福電鉄研究会福井派」から、「嵐電研究会」と「叡電研究会」に和解の呼びかけがあった。とっくに学園祭も終わり、今さら同人誌の内容で対立しているのが馬鹿馬鹿しくなったらしい。

呼びかけにこたえて百万遍の居酒屋に集った旧研究会のメンバーたちは憑きものが落ちたような顔をしていた。久しぶりの宴会の席上、たがいに腹を割って話すうちに明らかになったのは、彼らの対立をひそかに煽り立ててきた小津の暗躍である。

内紛の過程を綿密に検証していくと、過激化した福井派を追いだしたのも小津であり、嵐電派と叡電派が争うように仕向けたのも小津だった。そもそも内紛の発端からして彼の

提案した同人誌ではないか。

「ぜんぶあいつの陰謀だったのか」

「悪魔のような男だな」

「しかし小津は去った。もはや争う理由はない」

かくして「京福電鉄研究会福井派」が「嵐電研究会」「叡電研究会」を吸収し、新「京福電鉄研究会」が生まれた。悲惨な内紛の時代を経て、その友情はいっそう固く結ばれた。

メンバーたちは今後、小津のような悪党の口車には決して乗るまいと誓ったという。

めでたしめでたし。

という後日談を、年明けに生協の書店で会った小津が教えてくれた。

「……ということらしいですよ」

「おい、なんだそれは」

私は蚊帳の外に置き去りにされたのである。

いささか手痛い試練であったにせよ、その内紛は「京福電鉄研究会」にとって貴重な経験であったと言えよう。雨降って地固まるという言葉もある。研究会を崩壊にまで追いやった愚かしい内紛の記憶は末永く語り継がれ、自由の気風を守る者たちの戒めともなるだろう。終わりよければすべてよし——と言いたいところだがそんなわけあるか。俺はどう

134

なる。かといって、今さら京福電鉄研究会に戻る気にもなれなかった。

その冬、私は寒々しい四畳半に立て籠もって電気ヒーターを火鉢のように抱き、「あれほど俺は融和を説いたではないか！」と憤っていた。その言葉に耳も貸さず、「おまえには自分の意見がない」などと非難しておきながら、いざ狂乱の時代が過ぎ去ったら一切の責任を小津に押しつけ、「みんな仲良くやりましょう」という了見が気にくわない。

「やつらが頭を下げてくるなら許してやってもいい」

しかし誰ひとり訪ねてこなかったのである。

そして小津だけが残った。

○

「我々は運命の黒い糸で結ばれている」とは小津の言葉である。

大学に入学して早二年半、荒野のごとき四畳半をさまよった挙げ句、ようやく手に入れたのは小津という怪人との腐れ縁のみ。

いったいこれはどういうことか。私が何か間違ったことをしたというのか。非は私にあるというのか。せめてもう少し同志を、むしろ黒髪の乙女を、と私は思った。

ようやく小津に追いついたのは御蔭橋を渡った先である。

糺ノ森にさしかかる御蔭通では数珠つなぎの追跡劇が進行中であった。しんがりで電柱の蔭に身を隠しているのは小津、その先で風呂桶を抱えて歩いているのは（昨日の）私、さらにその先を歩いているのは（昨日の）明石さんである。やがて（昨日の）明石さんは右手へのびる下鴨神社の参道へ折れた。すかさず（昨日の）私があとを追う。

その一部始終を電柱の蔭から見守っている小津は楽しそうに「うひょひょ」と肩をふるわせている。

背後から忍び寄って腕を摑むと、小津はギョッとしたように振り向いた。

「あれ！　もう追いついちゃったんですか」

「さあ、帰るぞ」

「ちょっとだけ待ってください。あとちょっとだけ」

小津は身をよじらせた。「これから面白くなりそうなんです」

「面白いことなんて何ひとつない。いいから今すぐ未来に帰れ」

「いやいや、ワタクシの目はごまかせませんよ。あそこを歩いてたのは明石さんですよね。そのうしろを歩いてたのはあなたですよね。いったい何をしているんです？」

答えにつまる私を見て、小津は満面に笑みを浮かべる。

136

「こいつはなんとしても見ておかなくては！」

小津はヌルリと私の手を逃れた。

慌てて伸ばした手が空しく宙を摑み、私はバランスを崩して尻餅をついた。その隙に小津は御蔭通をひょいひょいと駆けていく。

「待ってくれ！」

私の叫びに耳も貸さず、小津は紅ノ森へ消えてしまった。

紅ノ森には一足早く夕闇が忍んできていた。下鴨神社へ通じる長い参道から脇に入ると、南北に長い馬場の両側におびただしい白テントがならんでいる。そろそろ客足もまばらになって、終了予定時刻を知らせる拡声器の声が響いていた。しかし小津の姿はどこにもない。私は急いで古書店のテントからテントへと歩いていった。

（昨日の）明石さんと（昨日の）自分を見つけるのは容易なことだった。

明石さんは疾風怒濤の勢いで書棚から書棚へ飛び移っていくし、私は必死の形相で追いすがっていく。あたかも馬上のカウガールに縄をかけられて引きずりまわされる西部劇の小悪党のごとし。

昨日、私としては明石さんを「さりげなく」追いかけているつもりだった。

しかし今こうして客観的に見ると、その姿は不審者以外の何者でもない。つねにキョロ

キョロと落ち着きなく、古本を手に取ったかと思えばすぐに書棚に戻して駆けだし、また
すぐに立ち止まって書棚の蔭に身を隠す。通りすがりの買い物客たちは胡散臭そうに見て
いるし、古書店の関係者たちは明らかに万引きを疑っている。しかしそうやって眉をひそ
める彼らも、私が明石さんを追いかけていることに気づくと、決まって「はは―ん」「な
―るほど」と委細承知の薄ら笑いを浮かべる。

書棚の蔭から（昨日の）自分を見守りつつ、私は頭をかきむしって悶絶した。

できることならば、すぐさま（昨日の）自分に駆け寄って肩を叩き、「いいからもう諦
めろ」と言ってやりたい。

やがて（昨日の）私の足取りが鈍ってきた。先を行く明石さんとの距離が次第に開いて
いき、ついに（昨日の）私は足を止めた。両側にテントの連なる馬場の中央に立ち尽くし、
ぼんやりと自嘲的な笑みを浮かべている。

ふいに後ろからポンと肩を叩かれた。

「なるほど。こういうことでしたか」

小津が耳元で囁いた。

もはや言い訳する気にもならない。

「末代までの恥だ」と私は唸った。

138

「もとから末代まで恥ずべき存在じゃないですか。今さら取り繕ったところで何になるんです。これも人間としてひと回り大きくなるための修行ですよ」

小津はそう言って、馬場の中央に目をやった。

「昨日のあなたは今、何を考えこんでいるんです?」

(昨日の)自分が何を考えていたか、ありありと思いだすことができる。

一、よく考えてみれば明石さんとの距離は全然近づいていない

一、明石さんの邪魔をするのは申し訳ない

一、明石さんに自然に声をかけるのは不可能である

どうも不思議なことなのだが、そうやって(昨日の)自分が彼女を追いかけるのを断念する姿を見たとたん、「どうしてそこで引き下がるのだ」と激しい怒りが湧いてきた。できることならば、(昨日の)自分に駆け寄って、「いいからこのまま追いかけろ」と言ってやりたい。この戦略的撤退が取り返しのつかぬ失敗であることを(昨日の)私は知らないのである。悠長にも「今日はこれまで」と考えている。「明日があるさ」と考えている。しかしそんな「明日」は来ないのである。

139　　　　　第二章　八月十一日

小津が「あれ？」と怪訝そうな声を上げた。

「引き返していくみたいですよ」

（昨日の）私は踵を返し、南へ向かってトボトボ歩きだす。

その情けない姿を見送っていると、小津が古書店のテントから滑りだした。

彼は馬場の中央まで行くと、南へ歩み去る（昨日の）私を呆れたように見つめた。それから北を向いて、駆け去っていく明石さんを見つめた。北へ、南へ、ふたたび北へ。デンデン太鼓のように視線が動く。そして南へ駆けだそうとするので、私は彼の行く手に立ちふさがった。

「待て待て。何をするつもりだ？」

「まさか『今日はこれまで』じゃないでしょうな」

「これで終わりだ」

私が吐き捨てると、小津は目を丸くした。

「ちょっと待ってください。あなた、明石さんを五山送り火に誘ったんでしょ？」

「誘っていない」

「それなら誰が誘ったんです？」

「知るもんか」

140

小津は暮れかかる空を見上げて嗚呼と嘆息した。

「どうせ『戦略的撤退だ』とか『明日があるさ』とか言い訳してたんでしょ。その挙げ句、どこぞの馬骨野郎に先手を打たれて……まったくもう、恥を知るべき！」

「おい、正論はよせ」

「少しは悔しいと思いなさいよ」

「悔しいが今さらどうにもならん。取り返しがつかない」

「……いやいや。取り返しがつかないことはないでしょう？」

小津は唇をねじ曲げてニンマリとした。それは時代劇の悪徳商人がお代官様に賄賂の小判をさしだすときの表情そのまま、神聖なる糺ノ森で許される顔つきではない。

「昨日のあなたの代わりに今日のあなたが誘えばいい」

小津は言った。「なんのためのタイムマシンです？」

「おまえは根本的に分かってない。そんなことは許されないんだ！」

たしかに我々の手にはタイムマシンがある。しかしほんの些細な過去の改変が宇宙崩壊を招きかねないとすれば、いったい我々に何ができよう。古本市における戦略的撤退も過去のことなら、明石さんが誰かに誘われたのも過去のことだ。コーラに浸ったリモコンと同じく、それらはもう取り返しのつかないことなのである。現実にはタイムマシンなど何

の役にも立ちはしない。それはあまりにも危険すぎて、使うに使えない道具なのである。

そう私が訴えても、小津は念仏を聞いた馬のような顔をしていた。

「それでは諦めるというんですか」

「やむを得ないだろ」

「いいでしょう。分かりました」

小津は私を押しのけて南へ歩きだす。

「おい、どうするつもりだ？」

「今日のあなたが諦めるというんだから、昨日のあなたを説得します」

「宇宙が滅びると言ってるだろ！」

「滅びるか、滅びないか——やってみないと分かりません」

小津は怖ろしいことを言って駆けだした。

そのあとを追って私も駆けだし、「なにごとか」と驚く通行人をかきわけつつ、背後から飛びついて小津を押し倒した。

「喧嘩だ！　喧嘩だ！」という声があたりに響く。

にわかに夕暮れの古本市に緊張が走り、あちこちから男たちが駆け寄ってきた。「おい、落ち着け」「どうした、どうした」という声が乱れ飛んだが、誰ひとり止めに入ら

ない。あまりにも我々の取っ組み合いが軟弱だったので、本当に喧嘩なのか確信が持てず、「手を出すほどでもないが座視もできない」という気まずい時間であったらしい。

小津の腰にしがみつきながら私は叫んだ。

「俺だってやり直したいんだよ！」

しかし昨日の古本市における失敗はあくまで私の責任である。決定的な結果を突きつけられることを怖れ、「明日があるさ」と撤退したのは私自身である。己の愚かな失敗を取り繕うために宇宙全体を危機にさらすのはあまりにも不遜な行為と言わねばならない。いかに明石さんが愛しかろうとも宇宙が滅亡しては何にもならない。彼女の生きるこの宇宙を守るためにこそ、愚かしい決断の結果を甘んじて受け容れなければならないのである。

それでこそ青春、それでこそ人生。

そんなことを考えているうちに、まったく泣きたい気持ちになってきた。

小津を突き飛ばすと、私は湿った地面に土下座した。

「頼む！　おとなしく一緒に帰ってくれ！」

小津は地面に肘をつき、呆れたように黙りこんでいる。周囲の人垣はみんな息を呑んだようになっていた。やがて「蛾眉書房」という名札を首から下げた古書店主が歩み出てきた。蛸のように赤らんだ禿頭の人物である。

「なあ、あんた。なんだかよく分からないけどな」

蛾眉書房主人は小津に優しく声をかけた。

「こいつもこうまでしてるんだからさ。許してやれよ」

○

私は小津を引きずるようにして糺ノ森を抜けだした。

「ちょっとした冗談のつもりだったんですよ。まさか本気にするなんて」

「面倒臭い！　おまえは心底、面倒臭い！」

「何を今さら。そんなの分かり切ってたことでしょう」

地面を転げまわったせいで二人とも泥だらけである。

先にアパートへ戻った明石さんが樋口氏と羽貫さんを送り返しているはずだから、あと

は小津と私が明日へ帰還すればすべて片付く。帰還したら速やかに田村君を未来へ叩き返

して、タイムマシンには二度と近づくまい。ともかくこれで宇宙の危機は回避されたはず

であった。

下鴨幽水荘は無人の廃墟のごとく静まり返っていた。

144

時刻は午後五時すぎ。映画サークル「みそぎ」の連中はみんな帰ったらしい。

我々は正面玄関から用心しつつアパートへ滑りこんだ。玄関から奥へ伸びる埃っぽい廊下は幽霊トンネルのように暗かった。階段を上がって二階の廊下へ出ると、突き当たりの物干し台から射しこむ淡い光の中で、ほっそりとした人影がぽつんとソファに腰かけているのが見えた。

「戻ったよ」と声をかけると、明石さんは弾かれたようにソファから立ち上がった。

私は彼女のただならぬ様子にすぐ気づいた。いつにも増して顔色が青ざめているし、胸元でつく手を組んでいる。予想外のトラブルが起こったにちがいない。

「タイムマシンが戻ってこないんです!」

明石さんはそう言って駆け寄ってきた。

「師匠と羽貫さんを送り返すとき約束したんです。向こうへ着いたらタイムマシンをこちらへすぐに送り返してくださいって。それがもう十五分も経つのにぜんぜん戻ってこない。しかもそれだけじゃなくて……」

「いいんだ、明石さん。落ち着いてくれ」

「でも……」

「大丈夫だよ。すべての辻褄は合った。宇宙の危機は去った。最悪タイムマシンが戻って

こなかったとしても、自力で帰ればいいんだから」

「ちがうんです！　ちがうんです！」

明石さんはもどかしそうに首を振る。

「クーラーのリモコンがないんです」

「リモコンがない？　どうして？」

踏みしめていたはずの大地が突如崩れ落ちたような気がした。

「小津から取り返して君に渡したじゃないか！」

「師匠が未来へ持って帰っちゃったんです！」

小津と私が紅ノ森の古本市でくんずほぐれつしていた頃、明石さんは羽貫さんと樋口氏を連れて下鴨幽水荘へ戻ってきた。

まず何よりも優先したのは、私から託されたクーラーのリモコンを廊下の冷蔵庫の上に置くことであった。飲みかけのコーラを浴びてリモコンが臨終を迎える、まさにその地点である。その後、彼らは物干し台からタイムマシンを運びこんだ。

「向こうへ着いたら、すぐにタイムマシンを送り返してくださいね」

明石さんが念を押すと、羽貫さんは「まかせといて」と請け合った。

そしてタイムマシンが出発するとき、樋口氏がスッと手を伸ばした。

146

「ああ、忘れるところだった。明石さん、リモコンを取ってくれたまえ」

　それはあまりにも自然な口ぶりであった。明石さんはほとんど無意識のうちに、冷蔵庫の上に置いたリモコンを手に取って、「どうぞ」と渡していたのである。

　とんでもない間違いをしでかしたことに彼女が気づいたのは、タイムマシンが跡形もなく消え去った後であった。

　以上の顛末を語り終える頃、明石さんは気の毒なほど意気消沈していた。

「ごめんなさい。一生の不覚です」

「樋口さんは根本的に分かっていなかったんだな」

「土壇場でこの致命的ミス！　明石さんのせいで宇宙滅亡ですな」

　小津の追い打ちをかけるような言葉に、明石さんは壊れた操り人形のごとく項垂れてしまった。そのままくるりと壁を向くと、「お詫びのしようもございません」と呟きながらコツコツと頭を打ちつけ始めた。「宇宙のみなさま。ごめんなさい」

「君だけが悪いんじゃない。タイムマシンに乗った我々みんな同罪だ」

　私は明石さんに語りかけた。

「それにまだ時間はある。諦めるな」

　といっても、残された時間はそう多くない。いずれ古本市から（昨日の）明石さんが戻

り、銭湯「オアシス」から樋口氏たち一行が戻る。さらに仕事を終えた羽貫さんがやってくる。関係者一同が揃ったところへ、鴨川べりで傷心を癒やしていた私が戻ってくれば、運命のコーラ事件が勃発する。それまでにリモコンが戻らねば宇宙の終わりである。

「とにかくタイムマシンが戻ってくるのを待とう」

それはじつにもどかしく、息のつまるような時間であった。

明石さんはソファに腰かけたまま身じろぎもせず、両手を固く握りしめていた。物干し台から届く光が弱まるにつれて、俯きかげんの彼女の顔は水に沈むように翳っていく。彼女は全宇宙への責任にうちひしがれているようだった。君は何ひとつ悪くないと私は心の中で語りかけた。タイムマシンを使ってリモコンを取ってこようなどと考えた私が悪い。そもそもリモコンにコーラをこぼした小津が悪い。すべての責任は小津にある。

物干し台の黄昏の光は宇宙の終わりを感じさせた。たかがクーラーのリモコンひとつで、我々の宇宙は終わりを迎えようとしている。せめてもの慰めは明石さんが一緒だということであり、その慰めを台無しにするのは小津も一緒だということである。

小津は宇宙の終わりなど意にも介していないらしい。

「なんとかなりますって」

その得体の知れない楽天性がいまいましい。

「ところで明石さん、ちょっと訊きたいことがあるんですけどね」

唐突に小津は明石さんに声をかけた。「五山送り火は誰と見物に行くんです？ プライバシーを尊重したいのは山々ですけど、ここはひとつ正直に教えてください」

「何も今そんな話しなくていいだろ」

「何を仰る。これは宇宙の存亡にかかわる問題ですぞ」

明石さんはキョトンとして小津を見つめている。

小津は「行くんですよね？」と鋭い声で彼女を問いつめた。

「ええ、行きます。行きますけど……」

明石さんはそう言ってチラリと私を見た。それきり口をつぐんでいる。小津が「それで？」と促しても何も言わない。この謎めいた沈黙は何を意味するのか。

ついに我慢できなくなって私も訊いた。

「明石さん、頼む。教えてくれ」

すると彼女は信じられないというように私を見つめた。

「どうしてそんな──」

明石さんが呟いた利那、青白い閃光が彼女の顔を照らした。旋風が吹き荒れ、物干し台の風鈴が激しく鳴り響く。

タイムマシンが戻ってきたのである。

　　　　　　　○

　明石さんを送り火に誘った人間は分からずじまいであった。というのも、厄介な連中が未来から押し寄せてきて、そんな話をしている余裕はなくなったからである。

　廊下に出現したタイムマシンには樋口氏と羽貫さんのみならず、あれほど搭乗を拒んでいた城ヶ崎氏、さらにはモッサリ型未来人・田村君まで乗っていた。

　羽貫さんが「到着ッ」と宣言すると、たちまち廊下は賑やかになった。

「どうしてみんなこっちへ来るんです！」

　樋口氏が「落ち着きたまえ」と私の肩を叩く。

「貴君や明石さんには苦労をかけた。すまない。我々はタイムマシンの危険性を正しく把握していなかったのだ。しかしもう心配無用、状況は完全に理解した」

「それはありがたいですが、わざわざみんなで来なくても」

「仲間は多いほうが心強い」

「いや―、何かお力になれたらと思いまして」

150

田村君が言った。「僕だって責任を感じているんです、未来人として」

「責任を感じているなら、これ以上よけいなことをしないでくれ」

いやに城ヶ崎氏がおとなしいと思ったら、彼は廊下の床にへたりこんでいた。　明石さんと同じくタイムマシンに酔う体質であったらしい。

愉快な仲間たちの登場に心強く思うわけもなく、危機感は募るばかりだった。そもそもタイムトラベラーとしての節度に欠ける面々であるばかりでなく、間もなく昨日の彼らがこのアパートへ集まってくるのだ。これだけ揃って顔を合わせたら、仲良く「ええじゃないか」を踊りながら宇宙の終わりを迎えるしかない。

小津が田村君に言った。

「おや、君はさっきの……」

「先ほどは失礼しました。　田村といいます。　未来から来ました」

「あ、そういうこと。　しかし未来人にしてはモッサリしてますねえ」

「あはは。　よく言われます。　この時代は失礼な人ばかりですね」

明石さんが彼らを押しのけてタイムマシンに駆け寄った。

「リモコンはどこですか？」

「ちゃーんと持ってきたから安心して」

羽貫さんが意気揚々と掲げたリモコンを見て、明石さんも私も絶句した。それはラップでグルグル巻きにされたうえ、テープで厳重に固められていたからである。

「この処置に時間がかかって遅くなったの。でもナイスなアイデアでしょう？　これでコントローラがこぼれてもリモコンが壊れる心配はないわけよ」

明石さんも私も同時に「それはダメ！」と叫んだ。

「壊れないと困るんですよ！」

「どうして？」

「だって昨日リモコンは壊れたんですから」

羽貫さんは唇をとがらせ、「ダメなんだってさ、樋口君」と言った。樋口氏は無精髭を撫でながら「良いアイデアだと思ったんだがな」と嘆いた。

「だから俺は止めろと言ったんだ」

城ヶ崎氏が壁に手をついて立ち上がった。

「そんなことをすれば過去が変わる——俺は何度も忠告したんだ。それでもこいつらには分からないんだ。もう危なっかしくて任せておけない。すべての指揮は俺が執る！」

そして城ヶ崎氏はオエェッと嘔吐いて崩れ落ちた。

「どうやって指揮を執るつもりなの？」

152

羽貫さんが呆れて背中を撫でている。

とにかく早急にリモコンのラップを剥がさねばならない。先ほどから明石さんが悪戦苦闘していたが、その水も洩らさぬギチギチぶりは職人技と言ってよかった。

彼女は顔を上げて前髪を払った。

「ハサミがないと無理ですこれは」

私は209号室に飛びこんで机をあさり、ハサミを摑んで戻ってきた。いつの間にか城ヶ崎氏が明石さんと交代し、真っ赤になってリモコンと格闘していた。

「ハサミです」と声をかけたが、熱中していて聞く耳を持たない。

廊下の向こうから聞き覚えのある甲高い声が聞こえてきた。

「城ヶ崎さん、ハサミを使ってください！」

そんなふうにリモコンを取り囲んでワイワイ言っているところへ、

「おーやおや、これは皆さんおそろいで」

樋口氏が私の耳元で「あれはどっちの相島かな？」と囁いた。私は「昨日の相島さんで映画撮影終了後、彼はそのまま帰宅したと思いこんでいたのである。昨日のす」と答えて舌打ちした。相島氏が登場する可能性をまったく考えていなかった。昨日の

「皆さん、もう銭湯から戻ってきたの？」

153　　　　第二章　八月十一日

そう言いながら近づいてきた相島氏は、廊下のタイムマシンに目をとめた。「おや!」

と呟いて、しげしげと眺めている。「これはなんです?」

我々は無言のまま顔を見合わせた。相島氏は怪訝そうな顔をする。

「これですよ、これ。タイムマシンみたいだけど」

「そんなことより」

明石さんが強引に話題を転換した。

「相島さん、何かお忘れ物でも?」

「いや、ちょっと眼鏡をね」

そう言いながらも相島氏はタイムマシンから目をはなさない。

「僕は演じるキャラクターによって眼鏡を替えることにしているんですよ。そうするとスムースに役に入り込めるものだからね。だから今日の撮影中ずっとこの眼鏡をかけていたんだけど、いざ帰り道で掛け替えようとしたら、普段用の眼鏡が見あたらないのよ」

「それなら俺の部屋にあるのでは?」

すかさず私は209号室のドアを開けた。

「忘れ物はうちで預かってますよ。どうぞどうぞ」

目論見どおり相島氏が209号室へ入った瞬間、私はドアを閉じてノブを摑んだ。「ど

154

うして閉めるの」という相島氏の声。ガチャガチャと動くドアノブをおさえこみ、私は声を押し殺して叫んだ。「見られたぞ、早くタイムマシンを隠せ!」

仲間たちはタイムマシンを取り巻いて騒然とした。

「どうするのよ?」

「物干し台へ出しておけばいい」

「そんなのすぐ見つかってしまいます」

「いっそ別の時代へ送っちゃいましょうか」

しかしタイムマシンだけを送ったら二度と戻ってこない。

樋口氏が「まかせたまえ」と言ってタイムマシンに乗りこんだ。「しばらくどこかへ行って適当なタイミングで帰ってこよう」

すかさず小津も「おともしまっせ」と乗りこんでいく。

いくらなんでもこれはまずいと私は思った。かくも破天荒な二人組にタイムマシンを自由に使わせるなんて、時空連続体に対する冒瀆というべきだ。

我が意を代弁してくれたのは城ヶ崎氏である。

「おまえらなんかにまかせられるか!」

城ヶ崎氏は樋口氏たちを引きずり下ろし、みずからタイムマシンに乗りこんだ。羽貫さ

んが駆け寄って声をかけた。

「無理だってば、城ヶ崎君。　あなた酔っちゃうでしょう」

「こいつらを乗せるぐらいなら俺が乗る。　頼むから余計なことをしないでくれ」

そのときほど城ヶ崎氏という人物に共感できたことはない。　彼もまた身を挺して時空の秩序を守ろうとしている。　ともに逆境に立ち向かう仲間というものは、立場や性格の違いを超えて強い絆で結ばれるものである。「十分ぐらいしたら戻ってください」と私が声をかけると、操縦席の城ヶ崎氏は力強く親指を立ててみせた。

「必ず戻ってくる。　俺にまかせろ」

タイムマシンが唸り始めてから、城ヶ崎氏は操作パネルをもう一度見た。　その瞬間、何かたいへんなことに気づいたらしい。　その顔からサッと血の気が引いた。

「おい、これは……」

悲痛な呻き声は途絶えた。

タイムマシンは光と風とともに消え去っていた。

○

156

ドアを開けて相島氏が顔を覗かせたとき、タイムマシンは跡形もなかった。旋風の名残りが風鈴をうるさく鳴らしているばかりである。

相島氏は恨めしそうに言った。

「ドアが開かなくなったんだけどね」

「おや、そうでしたか。ときどきそういうことがあるんですよ」

「誰かがドアをおさえていたような感じだったけど」

「どうしてそんなことするんです、あはは」

私は仲間たちに目配せした。こうなればシラを切り通すしかない。

樋口氏と羽貫さんと明石さんは仲良くソファに腰かけてニコニコしていた。小津と田村君はガラクタの山に埋もれるようにしてニコニコしていた。「城ヶ崎さんは?」と相島氏が言うので、「急用で帰りましたよ」と私は言った。

相島氏は部屋から出てくるなり、「おや!」と小さく叫んだ。

「タイムマシンがない」

「タイムマシン?」

「さっきまでここに置いてあったじゃないの。たしかに僕は見ましたよ」

「そんなものありましたっけ?」

私が首を傾げてみせると、ほかの仲間たちも首を傾げた。

相島氏は自信がなくなってきたらしい。「おかしいなあ」

「夢でも見てたんじゃないですかね」

くすくす笑う田村君を相島氏は胡散臭そうに見つめた。

「……ところで君は誰なの？」

「僕ですか？」と田村君はキョトンとした。

「初対面だよね、自然に会話に加わってるけど」

すかさず明石さんが「小津先輩のいとこなんです」と助け船をだした。「夏休みを利用して大学を見学に来たんですよ」

「そうそう、そうなんです。僕、田村といいます」

田村君は調子を合わせ、小津と仲良く肩を組んでみせた。

明石さんが「眼鏡は見つかりましたか？」と訊ねると、相島氏は「それがどこにもないんだよ」と腹立たしそうに言い、廊下に積み上げられたガラクタを漁り始めた。タイムマシンが戻ってくるまでに相島氏にはお引き取りを願いたい。しかし彼はなかなか帰ろうとせず、田村君と世間話を始めた。

「それで大学はどうだった？　思いのほか退屈そうだったんじゃない？」

158

「うーん、まあ。そう言われてみればそうですね」

「みんなそう思うものなんですよ」

　相島氏は我が意を得たりというように頷いた。

「それは君がまだ自分の可能性を試していないからなんだよね。もしもうちの大学へ入学することになったら、新歓の時期に時計台下へ行ってみるといい。そこではありとあらゆるサークルが新入生を迎えようとして待ってますから。無限の未来への扉が開かれている。傍観者みたいに外から眺めていたって未来は切り拓けない」

「でも僕、とくに興味のあるサークルなんてないですけど」

「興味なくてもいいから入りなさい」

　相島氏は眼鏡を光らせてピシャリと言った。

「さもないと君は不毛きわまる四年間を過ごすことになる。たとえばこんな四畳半アパートの一室にひとりで籠もっているとしよう。こんなところにどんな可能性がある？　ここには恋も冒険もない。なーんにもない。昨日は今日と同じで、今日は明日と同じ。まるで味のしないハンペンのような毎日ですよ。それで生きていると言えますか？」

「いくらなんでも言いすぎだ」私は断固抗議した。「それなりに味わいはある」

相島氏は「そんなのはただの負け惜しみだね」と容赦なかった。

「一歩外へ踏みだせば世界は豊かな可能性に充ちている。なぜなら君自身が可能性に充ちているからですよ。君という人間の価値はその無限の可能性にこそあるんです。もちろん薔薇色の生活が待っているとは保証できない。ヘンテコな宗教系サークルに引っかかるかもしれないし、サークルの内紛に巻きこまれて深く傷つくかもしれない。しかし敢えて僕は言いたい。それでいいんだ。全力で可能性を生きるのが青春なんだもの」

それはまことに正論というべき大演説であった。あらゆる不可能性に取り囲まれて四畳半から出るに出られぬ人間としては耳に痛い話である。

しかし感銘を受けてばかりもいられなかった。先ほどから明石さんが奇妙な動きを見せていたからである。そわそわと落ち着きなく、床を見まわしたり、壁際のガラクタに目を走らせたりしている。

「ド・ウ・シ・タ・ノ？」と私は声を出さずに問いかけた。

「リ・モ・コ・ン・ワ？」と明石さんも声を出さずに問い返してくる。

「おい君、眼鏡を探しておいてくれないか？」と相島氏が私に向かって言った。「これはあくまで演技用の眼鏡なんだからね。気分が切り替わらなくて困るんですよ。明日の午後に取りに来るから、それまでに見つけておいてくれ」

「まかせてください。必ず見つけておきますから」

私が請け合うと、ようやく相島氏は帰っていった。

その姿が階段に消えるや、明石さんと私は急いで周囲を探り始めた。

「どうしたの?」と羽貫さんがソファから身を起こす。

「リモコンがないんですよ。おかしいなあ」

樋口氏と羽貫さんが「それはやばい」と立ち上がり、小津と田村君も「やばいやばい」

と廊下を歩きまわった。そして彼らは乱暴にガラクタを漁り始めた。

「みなさん、くれぐれも慎重にお願いします!」

明石さんが慌てて叫んだ。

「過去を荒らしてはいけません!」

○

ひとしきり廊下を探しまわったが、相島氏の眼鏡が見つかっただけで、クーラーのリモコンはどこにも見あたらなかった。明石さんが溜息をついた。

「城ヶ崎さんが持っていかれたんですね。さっきはバタバタしていましたから」

161 　　第二章　八月十一日

「あいつも頼りになるようでならない男だからな」と樋口氏が言うと、「あなたにだけは言われたくないでしょうよ」と羽貫さんが笑った。

「でも困ったわね。早く戻ってきてもらわないとまずいんじゃない？」

現在、午後五時半過ぎ。コーラ事件が起こるまであと三十分もない。

ひとつ気にかかるのは、タイムマシンが消え去る直前に城ヶ崎氏が見せた奇妙な表情である。彼は操作盤を見てひどく驚いた様子であった。あれはどういうわけかと私が首を傾げていると、樋口氏が「行き先を見て驚いたのだろう」と言った。

「樋口さん、どこへ行くつもりだったんです？」

「九十九年前だ」

樋口氏の言葉を聞いて、その場にいる全員が絶句した。

「せっかくだから大昔へ行ってみようと思ってね。城ヶ崎に注意を促そうとしたんだが間に合わなかった。しかしあいつにも責任はある。私を押しのけてタイムマシンに乗りこむからには、きちんと自分の目で行く先を確認すべきだった」

「九十九年前といえば大正時代ですよ！」

「いかにも」

そのとき田村君がおずおずと手を挙げた。

「あのう、それってちょっとまずいんじゃないですかね。当時、このあたりは沼だったんですよ。大家さんから聞いた話ですけど」

大正時代、このあたりにはまだ人家も少なく、雑木林と田畑が広がっていたという。現在ちょうど下鴨幽水荘の建っている土地は大きな沼であった。青黒い水面には長い髪のような藻がびっしりと浮かんで、昼間でも鬼気の漂う場所だった。

ある晩夏の夕暮れ、ひとりの男が川向こうの町医者を訪ねた帰り、沼の前を通りかかった。夕陽に照らされた沼はまるで血を流したように赤く染まって、つねにも増して怖ろしい。なるたけ早く通りすぎてしまおうと足早に歩いていると、沼から吹く生臭い風に乗って奇妙な声が聞こえてきた。

「おええ、おええ、おええ」

その声のする方へ目をやって、男は震え上がった。

夕陽にギラつく沼の真ん中に恐るべき怪人が浮かんでいた。遠目にも分かるその巨体は暗緑色の藻にびっしり覆われ、口から何かを吐きだしつつ、しきりに「おええ」と唸っている。

通りすがりの者を沼に引きずりこむという河童にちがいない。

男は転げるように村へ逃げ帰り、「河童だ! 河童だ!」と騒いでまわった。

以前より河童の噂に脅かされてきた村人たちは、すぐさま男の呼び声に応え、手に手に

武器を持って沼へ駆けつけた。ところがそのとき、目の眩むような光があたりに充ち、凄まじい風が村人たちを薙ぎ倒した。あまりの怖ろしさに逃げだす者もあった。そして怪しい光と風がおさまってみると怪人の姿はどこにもなく、夕陽に赤く染まった沼の水面を生臭い風が吹くばかりであったという。

九十九年前の大正時代、このアパートは存在しなかった。のみならず、このアパートが建っている土地さえ存在しなかった。ここは沼だったのであり、当アパートの「幽水荘」という学生アパートらしからぬ陰気な名称もその沼に由来する。

もしも城ヶ崎氏が当アパートの二階でタイムマシンに乗りこみ、正確に九十九年前の同地点へ移動したとすれば――。

「その河童って城ヶ崎さんだったりして」

田村君が言うと、あたりは重苦しい沈黙に包まれた。

階下から大きな音が聞こえたのはそのときである。

「城ヶ崎君が戻ってきたんじゃない?」と羽貫さんが言った。

我々は廊下を走っていき、階段を覗きこんだ。しばらく階下はひっそりしていたが、やがて濡れた布を床に打ちつけるような音が近づいてきた。びしゃり……びしゃり……びしゃり……。そうして階段をのぼってきたのは、河童伝説で語られているとおり全身に藻を

絡みつかせた巨漢、九十九年前の沼から生還した城ヶ崎氏であった。彼はタイムマシンを両腕で抱え、一歩また一歩と階段を踏みしめるようにしてのぼってくる。

二階へ辿りつくと、城ヶ崎氏はゆっくりとタイムマシンを床に置いた。

彼は「オエッ」と嘔吐いた後、顔に絡みついている藻をいまいましそうに剝ぎ取った。その目は憤怒に燃えている。そして次の瞬間、彼は樋口清太郎に猛然と飛びかかっていた。

「おまえは俺を殺す気か!」

○

私は小津と田村君の手を借りて、三人がかりで城ヶ崎氏を羽交い締めにした。

城ヶ崎氏は我ら貧弱三人衆をぶんぶんと振りまわしつつ、「沼に落ちたんだぞ!」と怒号した。「酔って吐く! 藻が絡む! タイムマシンは沈む! 俺は危うく死ぬところだったんだぞ! 謝れ! 俺に謝れ!」

生還できたことが奇跡であり、怒らないほうがどうかしている。

さすがの樋口氏も床に手をついて頭を下げた。

「すまなかった。このとおりだ」

「おまえは二度とタイムマシンに触るな」

「せっかくだから試してみたかったのだよ」

「もう一度言う。おまえは二度とタイムマシンに触るな」

　城ヶ崎氏の姿は無惨であった。悪臭を放つ沼の水で全身ずぶ濡れ、暗緑色でドロドロの藻に覆われている。夜道で出会えば妖怪にしか見えまい。村人たちが「河童」と思いこんだとしても無理はないだろう。大正時代から現代まで語り継がれてきた河童伝説の始まりは、九十九年前の沼に転落した城ヶ崎氏だったのである。

　しかし今は河童伝説の真相よりもリモコンである。

「城ヶ崎さん、リモコンをお願いします」

　私が言うと、城ヶ崎氏は「リモコン？」と呟いた。

「クーラーのリモコンですよ！　それで万事解決なんです」

「ああ、あれか！　もちろんここに──」

　城ヶ崎氏はズボンのポケットに手をやった。そしてピタリと動きを止めた。ポカンと口が開いて、みるみる顔が青ざめていく。

「落とした」

「落とした？　どこで？」

166

「沼だ。あの沼だ」

羽貫さんが「あーあ」と言った。「どうすんのよ、城ヶ崎君」

「俺だって生き延びるのに必死だったんだよ！」

城ヶ崎氏は悲痛な声で叫んだ。「俺のせいじゃない！」

もはやリモコンは我々の手の届かないところにある。タイムマシンで取りに戻ったとして、九十九年前の沼の底からどうやってリモコンひとつを見つけだせというのか。

私は絶望し、「もう終わりだ」と呟いた。

そのとき田村君がポンと手を叩いた。

「あ、いいことを思いつきました」

「なんだ？」

「ようするにクーラーのリモコンがあればいいわけですよね、２０９号室の」

「それはそうだけど……」

「なーる。ちょっとタイムマシンを使いますね」

そう言って彼はいそいそとタイムマシンに乗りこんでいく。

「田村君、どうするつもりなんだ？」

「いいから僕にまかせてください。大船に乗ったつもりで！」

田村君は陽気に敬礼するとお馴染みの閃光と旋風を残して消えてしまった。

大船に乗ったつもりでと言われても、そもそも一連の時空的トラブルを引き起こした元凶が田村君なのであるから、泥船に乗ったつもりにさえなれない。なんとも心細い気持ちで我々は顔を見合わせた。明石さんの心配そうな顔を物干し台から射す黄昏の光が照らしている。いよいよ「昨日」という夏の一日が終わろうとしていた。

「明石さん、昨日は古本市から何時頃に戻ってきた?」

「午後六時前です。玄関から入ってきたとき、ちょうど大家さんの放送が聞こえて」

――樋口君、樋口清太郎君。家賃を払いにきなさい。

翌日の午後、あらためて我々が聞くことになる「天の声」である。

明石さんがアパートへ戻って十分ほどしてから、樋口氏・小津・城ヶ崎氏の一行が銭湯から戻ってきた。そして彼らが正面玄関で靴を脱いでいるとき、仕事上がりの羽貫さんが訪ねてきたという。

「そして最後に俺が戻ってきたわけか」

私が呟いたとき、ほかの連中が怪訝そうな顔をしてこちらを見つめた。城ヶ崎氏も、羽貫さんも、樋口氏も、小津も、明石さんも、「おまえは何を言ってるんだ」と言いたげである。「どうしてそんな目で見るんです?」と私が言うと、小津が「ボ

168

ケてるんですか?」と言った。

「あなたは先にここへ戻ってましたよ」

「待て。なんの話だ?」

「僕らが銭湯から帰ってきたとき、あなたはここにいたでしょうが」

「おまえこそボケてるんじゃないのか。たしかに銭湯からは先に出たけど、俺はそのあと用事を片付けてたからな。ここへ戻ってきたのは午後六時すぎだ。みなさん全員そろっていた。そうしたら急におまえが、『裸踊りしろ』とか言いだしたんだろ」

「先輩、それは本当ですか?」

突然、明石さんが鋭い声で言った。

「ここへ戻ってきたのは本当に私のあとですか?」

「そうだよ。どうしてわざわざ嘘をつく?」

私は戸惑って明石さんを見返した。

弱まりゆく黄昏の光の中、明石さんは眉をひそめて唇を噛んでいる。

その瞬間、廊下に光が充ち、凄まじい風が吹き荒れた。

田村君が戻ってきたのだ。

○

「これですよね？」
　操縦席で田村君が得意げに掲げてみせたもの。
　それこそは九十九年前の沼に沈んだはずのリモコンであった。
「それです！」
　明石さんが指さして叫んだ。
「どうして田村君が持っているの？」
「何を隠そう、未来の２０９号室から持ってきたんですよ」
　正確には田村君がタイムマシンで出発した夏の半年後、翌年の三月末である。
　あちらへ田村君が到着すると、半年後の田村君本人を代表とする〈下鴨幽水荘タイムマシン製作委員会〉の面々がずらりと廊下にならんで出迎えてくれた。すでに彼らは事情を飲みこんでおり、ちゃんと前もってクーラーのリモコンも用意されていたという。
「いや、さすがに未来の自分が相手だと話が早かったですね」と田村君は笑った。
　ここで驚くべきことは、四半世紀後の下鴨幽水荘においても、２０９号室では同じクー

170

ラーが使用され続けているという事実であった。

「でもいいのか？　君たちはクーラーが使えなくなるんだぞ」

「いいんですよ」

田村君はにこやかに言った。

「じつを言うと下鴨幽水荘の建て替えが決まりまして……。大家さんからは三月末までに退去してくださいって、ずいぶん前から言われていたんです。このクーラーは昔から20
9号室にそなえつけてあったものだし、僕が持っていくわけにもいかないでしょう。そもそも古すぎますしね。さすがにもう役目を終えても良い頃です」

「だから三月末へ取りに行ったのか！」

「ええ。もう使う人間がいなくなるわけですから」

「田村君、まったく君はすごいやつだな」

私が言うと、ほかの仲間たちも「たいしたもんだよ、モッサリしているのに」「見なおしたわ、モッサリしてるけど」「この時代の人たちはみんな失礼ですよね」「尊敬せざるを得ませんね、たとえモッサリしてても」と口々に褒めたたえた。田村君は「この時代の人たちはみんな失礼ですよね」と苦笑しつつもタイムマシンから降り、私にうやうやしくリモコンを手渡してくれた。

「どうぞ、ご自由にお使いください」

かくしてリモコンは我が手に戻ったのである。

私がそれを冷蔵庫の上に置くと、自然に拍手が巻き起こった。

九十九年前の沼に沈んだリモコンの空隙を、四半世紀後の未来からもたらされたリモコンが埋め、昨日の状況が完璧に再現されている。しばらくの間、誰もが息を呑んで見守っていた。破綻するかに思われた因果の輪は奇跡のように閉じられて、ここに宇宙の破滅は回避された。あまりにも急転直下、あまりにもアクロバティックな解決であった。

「そろそろ帰らないとヤバインじゃない？」

羽貫さんの言葉でみんな我に返った。

気がつけば物干し台の黄昏の光は消えかかっている。

我々は急いでタイムマシンに乗りこもうとした。なにしろ人数が多いため、全員で乗りこむには慎重な力学的配慮が必要である。押し合いへし合いしている間、明石さんは操縦席にうずくまってダイアルを操作していた。城ヶ崎氏が樋口氏を押しのけつつ、「絶対に間違えるなよ、明石さん！」と訴えている。「大丈夫です」と明石さんは言う。

ところが設定を終えてからも明石さんは操作パネルを睨んで動かなかった。いくら声をかけてもレバーを引こうとしない。唐突に彼女が「やっぱりおかしい！」と立ち上がったので、我々はバランスを失ってドッと床に崩れ落ちた。

172

明石さんは無言で私の腕を取ると、タイムマシンから遠ざかりつつ、「どうしても辻褄が合わないんです」と声をひそめた。

「昨日私が戻ってきたとき、先輩がここにおられました」

「そんなはずはない。俺は最後に戻ってきたんだから」

「だから考えたんです、もしかするとあの先輩は——」

廊下の突き当たりからガリガリと耳障りな音が聞こえてきた。天井のスピーカーのスイッチが入ったのである。

「樋口君、樋口清太郎君。家賃を払いにきなさい」

大家さんの厳かな声が響き渡る。

タイムマシンから仲間たちが呼びかけてきた。

「おーい、何してるの」

「いちゃいちゃしている暇はない」

「ぐずぐずしてると置いてくぞう」

明石さんはもどかしそうに手を振ってみせると、私の方へ向き直った。

「先輩はここに残ってください」

「なぜ！ どうして！」

「だって昨日、ここで私たちは約束したんです！」

明石さんは訴えるように私を見つめた。

「五山送り火に私を誘ってください。そうすれば辻褄が合いますから」

階下から正面玄関の開く音が聞こえてきた。（昨日の）明石さんが古本市から戻ってきたのだ。間もなく彼女は階段を上がってここへ来るだろう。かたや（今日の）明石さんは、あっけにとられている私に頷いてみせると、サッと身を翻して廊下を駆け、タイムマシンに飛び乗った。彼女は私に向かって手を振った。

「先輩、うまくやってくださいね」

「いや、しかし明石さん……」

「あとで必ず迎えに来ますから！」

そしてタイムマシンは消え去った。

私はひとり「昨日」に置き去りにされたのである。

〇

閃光と旋風がおさまると廊下はひっそりとした。

174

――だって昨日、ここで私たちは約束したんです！

タイムマシンが消えた後になって、ようやく私は明石さんの言葉の意味を理解した。

つまり「昨日の私」の先手を打って彼女を送り火に誘ったのは「今日の私」だったのである。なんともいえない奇妙な安堵に包まれたのも束の間、自分に課された責任の重さに気づいて慄然とした。もしも明石さんをうまく誘えなければ辻褄が合わず宇宙は滅亡する。いと哀れなることなり。

薄暗くなってきた廊下に蛍光灯の明かりがともった。

「先輩？」

その声に私は振り返った。

明石さんが廊下をこちらへ歩いてくる。

なんの覚悟もしていないのに舞台中央へ押しだされた素人役者のごとく、私は明石さんを見つめて口をパクパクさせるばかりであった。「銭湯からお戻りになったんですね。師匠たちは？」と話しかけられても、まったく声が出てこない。明石さんも訝しく思ったらしく、「どうかされましたか？」と眉をひそめた。

私は大きく息を吸い、やっとのことで言った。

「いや、なんでもない」

「本当に?」

「大丈夫。ちょっと疲れているだけで」

「おつかれさまです。充実した一日でしたからね」

「樋口さんたちもすぐに戻ってくるよ。それで古本市はどうだった?」

明石さんは嬉しそうに本の入った袋を掲げてみせた。「急いで見てまわったんですけど、どうしても時間が足りなくて。やっぱり明日も行こうと思います」

「たくさん店があるからな」

「そうなんです。それはもうたくさんあるんですよ」

明石さんはソファに腰かけて夢見るように言った。

私は壁にもたれて彼女を見つめた。樋口氏や小津が銭湯「オアシス」から戻ってくるまでに話をつけなければならない。とはいえ、どのようにして明石さんを誘うのが正解なのか。彼女自身から詳細を聞いておくべきだったと悔やんでも後の祭りである。

ひそかに思い悩んでいると、明石さんが呟いた。

「次の映画はどうしましょうか」

「もう次を考えてるの。気が早いな」

「どんどん前へ進んだほうがいいんですよ。立ち止まると悩むから」

176

明石さんはマジメな顔で言った。「なにか良いアイデアはありませんか？」

そう問いかけられて悪い気はしなかった。考えてみればここ数ヶ月、小津や明石さんと映画「幕末軟弱者列伝」の構想を練っていた期間は、久しぶりに気分が明るく、前向きに何かに取り組んでいると感じられたものである。それは京福電鉄研究会をめぐるゴタゴタの後、暗雲垂れこめていた四畳半世界に射しこんできた一筋の光であった。

気がつけば私は「こんなのはどうだろう」と語りだしていた。

「ある朝、ひとりの男が四畳半で目を覚ます。いつもどおりの自分の部屋なんだけど、どうも胸騒ぎがする。共用便所へ行こうとしてドアを開くと、そこにアパートの廊下はなくて、まるで鏡に映したような四畳半がある。その四畳半の窓の向こうにも四畳半がある。どこまで行っても四畳半が無限にならんでいる。いつの間にか、男は広大な四畳半世界に置き去りにされていたんだ。なんとか元の世界へ戻ろうとして、男は四畳半世界の探検を始めるわけ」

明石さんは身を乗りだした。

「それからどうなるんです？」

「いや、まだ考えてない」

明石さんは「なーんだ」と笑った。

「前にこんな夢を見たことがあるんだ」

「ヘンテコな夢をごらんになるんですね」

明石さんは言った。「うらやましいです。私はマジメな夢ばかり」

いやいやこんな話をしている場合ではないのだぞ、と私は思った。

五山送り火に明石さんを誘うことは宇宙を救うことに他ならなかった。我らの宇宙の命

運がこの双肩にかかっている今、戦略的撤退などという甘えた選択は許されない。

しかし、万が一失敗してしまったら？

「どうしてそんなことしなくてはいけないんですか」と言われたら？

なにゆえこんな重圧を感じなければならないのであろう。ここにひとりの人間があり、

もうひとりの人間を好ましく思い、「ちょいと一緒に出かけましょう」という、ただそれ

だけのことではないか。これまでに無数の人類がやってきたことであり、これからも無数

の人類がやることであり、平凡といえばこれほど平凡なことはない。どうしてそんなに平

凡なことがこんなにも容易でないのだろう。

口がカラカラに渇き、私は置物のように固まっていた。

明石さんが横を向いて耳を澄ます。

「あ、師匠たちが戻ってきたみたいですね」

178

階下から樋口氏や小津たちの賑やかな声が聞こえてきた。

あの面倒臭い連中が乗りこんでくれば、明石さんを誘うどころではなくなってしまう。

もはや逡巡している時間はない。断崖から飛び下りるような気持ちで「明石さん」と言う

と、彼女は爽やかな声で「はい」とこたえた。「なんでしょう？」

「五山送り火を見物しに行こうと思う」

「それはいいですね」

「明石さんも一緒にどうだろう」

私は呼吸を止めて答えを待った。

明石さんはびっくりしたように私を見つめていた。

彼女がギョッとするのも無理はない。どうしてもっと自然な会話の流れで誘えないのか。

僅か数秒の沈黙が私には怖ろしく長く感じられた。明石さんは断るつもりだろうか。やは

り私は失敗したのだろうか。今にも目前の空間に亀裂が走り、この下鴨幽水荘を中心にし

て宇宙が崩れ落ちていくような気がした。さらば宇宙、さらば明石さん。

ほとんど私が死を覚悟した瞬間、宇宙の危機は回避された。

明石さんが頷いてくれたからである。

「わかりました」

179　　第二章　八月十一日

「いいの?」

私は大きく息を吐いた。

「そうか。それはよかった。うん」

あまりにもホッとしたので、そっけない言葉しか出てこない。樋口氏、城ヶ崎氏、そして羽貫さんの姿

廊下の向こうの階段口から小津が姿を見せた。私が全宇宙の命運を賭けた戦いに挑んでいたことなど露知らず、彼らはなんとも

もある。私が全宇宙の命運を賭けた戦いに挑んでいたことなど露知らず、彼らはなんとも

楽しそうに喋っていた。羽貫さんがこちらを見て「やほーい」と手を振った。

「念のためにおうかがいしますが」

羽貫さんに手を振り返しつつ、明石さんは声をひそめた。

「それはみんなで? それとも二人で?」

「ぜひとも二人で」

「なるほど」

「だから小津たちには内緒で頼む」

「ええ、内緒、もちろん、はい、そのほうが、ええ」

明石さんは慌てたように幾度も頷いた。

180

○

タイムトラベラーとしての任務は果たした。

しかし私はどうやって未来へ帰ればいいのだろう。

——あとで必ず迎えに来ますから!

明石さんはそう言っていたが、ここへ迎えにくるとは考えられない。コーラ事件が起こったあとは、夜明け前までクーラーのお通夜が続く。ひっきりなしにアパートの連中が出入りしているところへタイムマシンで乗りつけるわけにはいかない。

なにはともあれ、このアパートから脱出しなければならぬ。「昨日の私」がここへ現れたら大混乱である。

「いやー、良い湯でしたねえ」

小津が手ぬぐいをヒラヒラさせながら言った。

「なんで先に帰っちゃったんです?」

「ちょっと用事があってな」

「で、その用事とやらは片付いたんですか?」

「まあな。どうせたいした用事じゃない」

私が言うと、小津は「ふっふーん」と怪しい笑みを浮かべた。

羽貫さんはソファに腰かけてペットボトルのコーラをラッパ飲みしていた。樋口氏は2

10号室のドアを開け放ち、薄暗い室内でモゾモゾしている。明石さんがその背中に向か

って「師匠、さっき大家さんが呼んでおられましたよ」と声をかけた。「家賃の件だろう

なあ」と樋口氏が唸る。城ヶ崎氏は銭湯の番台で買ったタオルで汗を拭いながら「クソ暑

い」とぶつくさ言い、209号室のドアを当然のように開けてクーラーをつけた。

羽貫さんが冷蔵庫の上にコーラを置いて伸びをした。

「みんなこれからどうするの?」

「師匠は打ち上げへ行こうと仰っています」

明石さんが言った。「今日の反省会をかねて」

「それなら私も一緒に行く。撮影の話を聞かせてよ」

樋口氏と城ヶ崎氏が「夕食に何を食べるか」議論を始めた。明石さんに「先輩も行かれ

ますよね?」と訊かれたが、私は「いや」と首を振った。

「ちょっと俺は用事があるからね」

今のうちに逃げださねばならぬ。

しかし私が廊下を歩きだすや否や、小津が両腕を広げて立ちふさがった。

「ちょっと待ちなさい」

「なんだよ、通してくれ」

「どうして一度帰ってきて、またすぐ出ていくんです?」

「だから用事なんだよ」

「さっき片付いたと言ったでしょうが」

「それはだからべつの用事なんだよ。俺は忙しいんだ」

「どうもさっきからずっとおかしい。あなた、何か秘密がありますね」

小津は大げさに溜息をついた。「どうして正直に言ってくれないの。僕たち心の友でしょう?」

「おまえにそんな地位を与えた覚えはない」

「またそんなひどいことを言って」

小津はふてくされて見せてから、ニヤリと笑みを浮かべた。

「さては女ができましたな?」

「そ、そ、そんなわけあるか」

「あなたのことなんてすべてお見通しなんです」

183　　第二章　八月十一日

あまりの面倒臭さに気が遠くなりそうであった。押しのけて出て行こうとしたが、小津は軟体生物のように絡みついてきて、「ひどいひどい」と泣き真似をした。

「この僕をさしおいていったいどこの馬骨女を」

「おい、頼むから行かせてくれ。早く行かないとまずいことになるんだ!」

羽貫さんが「まるで痴話喧嘩ね」と笑っている。ひとしきり揉み合った後、ようやく小津は「しょうがないですな」と言って手を離した。

「僕も鬼ではありませんから、それほど言うなら行かせてあげる。とはいえ、なんの代償もなしというわけにはいきません。罰ゲームをしていただきましょう」

「何をしろっていうんだ」

「そんなの裸踊りに決まっております」

「どうしてそんなことをしなくちゃいけないんだ!」

「それぐらいのことをしてもらわなくては僕の心の傷が癒えないんだもの。あの風呂桶はどこにあります? 風呂桶で股間を隠すのが伝統的裸踊りというもの」

なんとしてもこの場を切り抜けて脱出しなければならない。

私は必死で知恵を絞った。

「よし、分かった。これから俺の秘密を明かそう」

184

小津は「おお」と面白そうな顔をした。

「ぜひとも教えて欲しいですね」

「みんな物干し台へ出てみろ。そうすれば分かる」

私は思わせぶりに手招きして、全員を物干し台へ誘いだした。

日は暮れており、あたりの空気は水に沈んだような青みを帯びていた。

干しっぱなしの薄汚れたシーツをくぐり、錆びついた欄干から身を乗りだして、私は大

家さんの庭を指さした。「あそこに何が見える？」

ほかの連中は怪訝そうに欄干に近づいた。

「大家さんの庭でしょう？」

「ケチャがいるな」

「そのとおり。ケチャは何をしてます？」

「なんだか一生懸命、地面を掘ってるみたい」

「じつはそうじゃないんです。もっとよく見なさい」

みんなは一斉に身を乗りだして庭を見つめている。

私は静かに身を引き、素早くシーツをくぐって廊下へ戻った。

アパートを脱出しようにも、間もなく「昨日の私」が戻ってくる。玄関先で鉢合わせす

る危険は冒せない。かといって廊下に隠れられるところもない。私は２０９号室へ飛びこむと、押し入れにもぐりこんで内側から戸を閉めた。皺だらけの衣服や段ボール箱や猥褻図書に埋もれて息を殺していると、廊下で彼らが私を探しまわる声が聞こえてきた。それから起こった事件は読者も先刻ご承知のとおりである。

○

下鴨幽水荘へ帰って玄関に入ると、二階から賑やかな声が聞こえてきた。

「あの人、どこへ行ったんです？」

小津の甲高い声がひときわ大きく響いている。

銭湯から戻ってきたあとも樋口氏たちと遊んでいるらしい。

階段を上りきって廊下を歩いていくと、その奥では樋口氏や小津がうろうろしている。城ヶ崎氏と羽貫さんもいる。みんな物干し台を覗いたり、部屋のドアを開けたり、積み上げられたガラクタをかきわけたりして何かを探している様子である。いやに涼しい風がくるなと思ったら、２０９号室のドアが開けっ放しになっていた。またしても私のクーラーを勝手に使っているのだ。怒りの声を上げようとしたとき、物干し台から明石さんが姿を

186

見せた。私が鴨川で傷心を癒やしている間に古本市から戻ってきたらしい。

彼女は私の姿を見て、「先輩！」と息を呑んだ。

何をそんなに驚いているのだろう。

「なんだい？　どうかしたの？」と私は立ち止まった。

明石さんの声につられて、そこに集まった樋口氏、小津、城ヶ崎氏、羽貫さんが、全員こちらへ顔を向けた。「ああ」とか「おお」とか驚きの声を洩らす。彼らの視線は私の抱えている風呂桶に注がれており、そこには今まで感じたことのない尊敬の念さえ漂っていた。

「なるほどそういうこと。準備万端というわけね」

羽貫さんが言った。「これは惚れるわ」

あの城ヶ崎氏さえ「見直した」という顔をしている。「おまえ、盛り上げるなあ」

ひとまず私は城ヶ崎氏の手からクーラーのリモコンを奪い、２０９号室のクーラーを停止させた。「勝手に使わないでくださいよ」と私は言い、リモコンを小型冷蔵庫の上に置いた。そこには半分ほど残ったコーラのペットボトルがあった。

明石さんが心配そうに言った。

「先輩、本当にするんですか？」

「するって何を？」

「何をって、つまり……その……」

「さあさあ。それでは踊っていただきましょう！」

小津が私の腕を摑んで廊下の中央に立たせた。ほかの連中はソファに腰かけたり、丸椅子を持ってきたりして、期待に満ちた目で私を見つめている。私は風呂桶を抱えたまま、あっけにとられて彼らを見まわした。諸君はワタクシに何を期待しているのか？

「踊れって何を？」

「いやいや、ついさっき話してたでしょ？」

小津がニヤニヤ笑いながら叫ぶ。「裸踊りですよ！」

「裸踊り？　なんでだよ？」

「いやはや、もったいぶるねえ」

樋口氏が顎を撫でながら言う。

城ヶ崎氏が顔をしかめた。

「おい、ここから引っ張るのはカッコ悪いぞ、やるなら男らしくやっちまえ」

「ちゃんと見届けてあげるから」と羽貫さん。

「いや、だから、話がまったく見えないんですよ」

途方に暮れて明石さんを見ると、彼女は樋口氏の背後に隠れるようにしていた。恥じらいと、諦念と、若干の知的好奇心の入り混じった、なんとも複雑微妙な表情を浮かべている。

「もう小道具は持ってるじゃないですか」

小津は私の抱えている風呂桶を指さした。

「それをほら、こうやって、踊ればいいわけですよ」

彼は見えない風呂桶で股間を隠しつつ踊ってみせた。

邪悪な笑みを浮かべて踊る小津の姿を今でも克明に思いだすことができる。それはまさに「悪の化身」そのものだった。実際、その悪魔的ダンスによって、小津は私の未来を打ち砕くのみならず、全宇宙を破滅の危機にさらすことになったのである。

小津の右腕が冷蔵庫にあたり、その拍子にコーラのペットボトルが倒れた。黒く泡立つ液体が流れだして、みるみる冷蔵庫からこぼれ落ちていく。

明石さんが「リモコン!」と叫んだ。

私は小津を押しのけて駆け寄ったが時すでに遅し。

リモコンはコーラに沈み、その機能を完全に喪失していた。

189　　　　第二章　八月十一日

○

八月十一日のコーラ事件はそのようにして起こった。

そして昨日の私には知るよしもなかったが、その事件が起こっている間、未来から来た

もうひとりの私が、ずっと209号室の押し入れにひそんでいたのである。

「なるほど。そういうことだったのか」

暗がりで私はひとり呟いた。

「……で、これからどうする?」

第三章　ふたたび八月十二日

明石さんと初めて言葉を交わしたのは今年の二月のことである。

その日、私は桝形商店街へ出かけて買い物を済ませ、雪まみれで家路を辿っていた。賀茂大橋から見える比叡山も、長く延びた鴨川の土手も、鴨川デルタの松林も、粉砂糖をまぶしたように白くなって、普段よりも古都の静けさが身に染みた。

さぞかし私は陰鬱な顔つきをしていたことであろう。

前年の晩秋に京福電鉄研究会から追放され、今や訪ねてくるのは小津ばかり。その小津にしても二階で暮らしている樋口清太郎を訪ねるついでに顔を見せるだけのことだ。「妹弟子ができましてねえ」などと自慢話を聞かされつつ、電気ヒーターで指先を温めるだけの味気ない暮らし——あの底冷えする四畳半へ帰っていくのかと思うと暗澹たる気持ちに

なった。いったい私はこの先どう生きていくのか。　地平の彼方へ目を凝らしても、この不毛きわまりない四畳半世界の果ては見えない。

その帰り道、ふと思いついて紅ノ森の馬場に立ち寄ってみた。

南北に長くのびた馬場は一面の雪だった。　八月になれば古本市のテントで埋まるその広場も、今はただ純白の空虚である。

私は雪の中に立ち止まって溜息をついた。

まるで雪の降り積もる音さえ聞こえてきそうな静けさである。

そのとき、前方を歩いているひとりの女性に気がついた。　赤いマフラーを巻き、鞄を提げている。　その後ろ姿には見覚えがあった。　幾度か下鴨幽水荘で見かけたことがある。

しばらくすると彼女は雪に足を取られてバタンと倒れた。

アッと思って駆け寄ろうとしたが、私が追いつくよりも前に彼女は起き上がった。　そして冷静に身体の雪をはたき、前方を向いて歩きだす。

ホッとしたのも束の間、十秒ほど歩いたところで彼女はふたたびバタンと派手に倒れた。

もう一度私は駆け寄ろうとしたが、またしても手助けは無用だった。　すぐに彼女は起き上がり、雪を踏んで歩きだす。　あたかも「不屈の精神」そのもののように純白の空虚を歩んでいく。

192

ふと足下を見ると、小さな熊のぬいぐるみが雪に埋もれていた。それはスポンジででき

た灰色の熊で、赤ん坊のようにもっちりした尻をしている。

私は「おーい」と前方へ呼びかけた。

「ぬいぐるみを落としませんでしたか?」

彼女は立ち止まって振り返ると、鞄を手探りしてアッという顔をした。

私は熊のぬいぐるみを高く掲げながら、雪を踏んで彼女に追いついた。彼女は落とし物

を受け取って、「ありがとうございます」と白い息を吐いた。哲学者のように難しい顔を

して、一心不乱にぬいぐるみを揉んでいる。

それはなんですか、と私は訊ねた。

彼女はふわっと眉を緩めて笑った。

「これはもちぐまですね」

彼女は色違いの同じ熊を五つ持っており、「ふわふわ戦隊モチグマン」と称して大切に

しているらしかった。「もちぐま」というナイスな名前も忘れがたかったが、彼女が「こ

れはもちぐまですね」と笑ったときの顔は、よりいっそう忘れがたかった。

八月十二日、午後六時。

そろそろ明石さんたちがタイムマシンで帰ってくる頃合いである。

私は下鴨幽水荘の廊下で壁にもたれ、ソファに腰かけた相島氏と向き合っていた。関係者一同がタイムマシンを濫用して「今日」と「昨日」を行ったり来たりしている間、ひとり相島氏だけは現在に踏みとどまり、その狂騒を冷ややかに眺めてきたのである。

相島氏は猜疑心に充ちた声で言った。

「それで？　どういうトリックなの？」

相島氏はタイムマシンの実在をあくまで疑っていた。

彼が睨んだところによると、タイムマシンとは一種の消失トリックにすぎないらしい。昨日へ行ったはずの私がタイムマシンも使わずに突然２０９号室から出てきたのが何よりの証拠というわけである。自力で帰ってきたのだと突然しても、まったく聞く耳を持ってくれない。「ほかのみんなもそうなんでしょ？」と相島氏は言った。

「消えたように見せかけて、どこかに隠れてるんでしょ？」

194

「どうしてわざわざそんなことをするんです?」

「それはこっちが訊きたいよ!」

相島氏は憤然として言うのだった。

「みんなして僕をからかって言うのだ。じつに失敬ですよ」

そんなに疑うなら自分で乗ってみればいいではないか——そんな台詞を私は危ういところで飲みこんだ。タイムトラベルに起因する幾多のトラブルで肝を冷やしてきた身としては、わざわざ宇宙的危機の火種を作りたくなかった。タイムマシンなど乗るべきではない。それはあまりにもリスクが大きすぎて、まったく実用に耐えない道具なのである。

「信じないならそれでいいんですよ。タイムマシンなんて人類には早すぎる」

「つまりトリックだと認めるんだね?」

「どうぞお好きなように」

そっけなく言ってやると、相島氏は黙りこんだ。

かすかに蟬の声が聞こえるだけの静かな夕暮れであった。

ふいにお馴染みの閃光が廊下を充たし、猛烈な旋風が吹き荒れた。目前の廊下にタイムマシンが現れ、乗りこんでいた連中がドッと崩れ落ちる。

樋口氏がのっそりと身を起こして言った。

195　　第三章　ふたたび八月十二日

「諸君、無事か?」

「どんなときでも僕は元気です」と小津。

羽貫さんは「無事は無事だけどさあ」と言いながら、城ヶ崎氏と明石さんの背中をさすっていた。タイムマシンに酔う体質の二人はそろって床にうずくまっていた。

しかし明石さんは這うようにしてタイムマシンへ戻ろうとした。

「先輩を迎えに行かないと……」

「迎えに行く必要はないんだ、明石さん。俺はもうここにいるから」

その場にいる全員が一斉にこちらを向いて動きを止めた。ようやく私の存在に気づいたらしい。彼らは全員、まるで幽霊にでも出くわしたような表情をしていた。

「あなた、どうやって帰ってきたんです?」

そう問いかけてくる小津に私は答えた。

「帰れなかったんだよ」

○

「昨日」に置き去りにされた私は、いかにして「今日」へ帰還したか。

すでに述べたとおり、コーラ事件の後、２０９号室ではクーラーのお通夜がとりおこなわれた。樋口清太郎の叩く木魚の音が響く中、アパートの住民たちが入れ替わり立ち替わり弔問に訪れる。２０９号室から人気の絶えるときはなく、押し入れから抜けだす機会はまったくなかった。そのうちリズミカルな木魚の響きに眠気を誘われ、私はうつらうつらし始めた。そして樋口氏の「心頭滅却すれば四畳半も軽井沢のごとし――喝！」という声を聞いたあたりで記憶が途絶える。

気がつくと戸の隙間から明かりが射しこんでいた。

全身汗だくで意識朦朧、しばらくは自分がどこにいるのかも分からなかった。茫然としていると、押し入れの外から「こいつめ」「なんのこれしき」という声が聞こえてきた。外を窺うと、上半身裸の小津と私がリズミカルに手ぬぐいでお互いを叩き合っている。どうやら私は押し入れの中で眠ってしまい、そのまま夜を明かしたらしい。

そこに明石さんの涼しげな声が聞こえた。

「仲良きことは阿呆らしきかな」

そのあとは読者諸賢もご存じのとおりである。

田村君の登場、樋口氏の起床、城ヶ崎氏と羽貫さんの登場、タイムマシンの発見、「タイムマシンでどこへ行くのか会議」の開催、第一次探検隊（樋口氏・羽貫さん・小津）の

出発、田村君の再登場、そして第二次探検隊（明石さんと私）の出発……。

その間、ずっと私は２０９号室の押し入れに隠れていたのである。

炎熱地獄のような暑さの中、飲まず喰わずで便所へも行けず、よくぞ丸一日も辛抱したものだと思う。しかし何よりつらかったのは、昨日の自分たちの愚行を止められないことであった。ここで余計な口を出せばすべての努力が水泡に帰す。いったん昨日から戻ってきた樋口氏たちが城ヶ崎氏の忠告に耳も貸さずリモコンをグルグル巻きにしている間も、その愚行がさらなる悲劇を招くことを知りながら切歯扼腕するほかなかったのである。

ようやく押し入れから出られたときの解放感たるや、これまでの人生で味わったことのないものだった。丸一日を押し入れの中で過ごした人間にとってみれば、四畳半は軽井沢のように涼しく、蛇口から迸る水道水は貴船の谷水のように清冽であった。私は流し台に頭をつっこんで夢中で水を浴び、生温い麦茶をたらふく飲んで、とにもかくにも便所へ行こうとドアを開けた。

廊下では相島氏がひとり、ソファに腰かけていた。

「なんだ、君！」

相島氏は眼鏡の奥の目を丸くした。

「いつからそこにいたの？」

198

「昨日から、ずーーーーーーーーっとですよ！」

私はもどかしく叫んで便所へ走った。

かくして私は、自力で八月十二日へ帰還したのである。

○

羽貫さんが呆れたように言った。

「一晩押し入れで過ごしたの？　よくやるわねー」

「ほかにどうしようもないですからね」

ふいに羽貫さんは「あれ？」と首を傾げた。

「これから昨日へあなたを迎えに行くわよね。ここにいるあなたと、帰ってきたあなた。合わせて二人になっちゃうじゃない。それはどうするの？」

「だから迎えに行く必要はないんですよ」

昨夜から先ほどまで私という人間はつねに二人存在していた。しかし一方の私はタイムマシンに乗って昨日へ行き、そのまま二度と帰ってこない。というよりも、その帰ってこなかった私が押し入れに隠れて一晩過ごし、今こうして語っている私になるわけだ。

第三章　ふたたび八月十二日

しかし羽貫さんはなかなか腑に落ちない様子であった。

「なんだか騙されたみたいな感じ。樋口君、納得してる?」

「納得しているわけではないが、わざわざ文句をつける筋合いもないな」

明石さんが立ち上がって「ふう」と息をついた。その頬には少し血の気が戻っている。

彼女はゆっくりとこちらへ歩いてくると、今ここにいる私の真贋（しんがん）を見極めようとするかのように、眉をひそめてこちらを睨んだ。「では迎えに行かなくてもいいんですね?」

「だって俺はここにいるからね」

明石さんはホッと溜息をついた。

「迎えに行くつもりだったんです」

「それは分かっている。でも、もう気にしなくていい」

「ということは、これで一件落着?」

「そういうことになる」

我々は沈黙してタイムマシンを見つめた。

田村君が「あのう」と手を挙げた。

「ちょっといきなりで申し訳ないんですけど、僕そろそろ失礼します」

「あら、もう帰っちゃうんですか」と小津が言った。「もっと遊んで行けばいいのに」

200

「みんなかなり心配してるらしいんですよ」

「みんな？」

「みんな？」

「さっき未来へリモコンをもらいに行ったとき、委員会の人たちや僕自身にえらく叱られちゃったんですよ。半年前なかなか僕が帰らなかったから、みんなメチャクチャ心配したんだぞって。というわけで、急いで帰ったほうがよさそうなんです」

そして田村君は礼儀正しく頭を下げた。

「みなさん、お世話になりました」

「もう二度と来ないでくれ」

城ヶ崎氏が腹立たしそうに言った。「こちらはたいへんな迷惑だ」

「そんな冷たいこと言わなくてもいいじゃない」と羽貫さん。

「田村君の機転でリモコンが手に入ったわけですしね」と小津。「あれはさすがの僕も思いつきませんでしたよ。じつに天才的な発想」

「城ヶ崎の言うことなんて気にするな」

樋口氏は田村君の肩を叩いた。「いつでも遊びに来たまえ。遠慮はいらない」

「ありがとうございます、師匠。嬉しいお言葉です」

そもそも田村君がタイムマシンに乗って現代へやってこなければ、昨日のリモコンを取りに行こうなどと我々が企てることもなく、宇宙が危機にさらされることもなかった。そのタイムトラベラーとしての自覚に乏しい言動の数々には怒りも湧いた。しかしどういうわけか妙に憎めない男でもあった。同時代に生きていたら仲良くなれたことであろう。四半世紀の未来において田村君が樋口清太郎のような怪人に惑わされることなく、有意義な学生生活を送ってくれることを祈ってやまない。

「それではみなさん、お達者で!」

古風な別れの挨拶とともに彼はレバーを引き、タイムマシンは消え去った。唐突な登場と同じく、その退場もあっけなかった。

すべては夏の幻影であったかのごとし。

「帰っちゃいましたね」

明石さんがぽつんと言った。

しんみりした雰囲気の中、相島氏がおずおずと言った。

「もしかして本当にタイムマシンだったの?」

「おまえ、まだ分かってなかったのか」

城ヶ崎氏が呆れたように言った。

○

「明石さんは今日そちらにいらっしゃるかしら？」

天井のスピーカーが掠れた大家さんの声を伝えた。

「昨日の忘れ物を引き取っていただきたいのですけど」

明石さんはスピーカーを見上げて不思議そうに呟いた。

「なんでしょうか……ちょっと取りに行ってきます」

明石さんが戻ってくるのを待つ間、樋口氏たちは打ち上げの相談を始めた。もとはといえば昨夜、映画「幕末軟弱者列伝」の打ち上げをするはずだったのだが、クーラーのお通夜で延期になっていたのである。彼らは「宇宙を救ったのだから盛大にやろう」などと盛り上がっている。読者諸賢は先刻ご承知のことだろうが、宇宙を救ったのは明石さんと私であり、ほかの連中は徹頭徹尾有害無益なことしかしていない。しかしもう反論する気力も湧かなかった。

羽貫さんが廊下の隅を指さして言った。

「ねえ、それ田村君の鞄じゃない？」

203　　第三章　ふたたび八月十二日

彼女の指先に目をやると、黒い肩掛け鞄がチョンと置いてあった。その未来の物らしからぬモッサリ感は間違えようがない。たしかに田村君のものである。

「迂闊なタイムトラベラーだな！」

「取りに戻ってくるかもね」

「いったん俺が預かっておきます」

いくらモッサリしているとはいえ未来の鞄であることに変わりはない。そこらへんに転がしておいたらどのような時空的トラブルを引き起こすか知れない。

私は２０９号室のドアを開け、田村君の鞄を流し台の脇に置いた。

ドアを閉める前、ふと私は自室のクーラーを見上げた。

田村君によれば四半世紀先の未来においても２０９号室では同じクーラーが使用されているという。一度は死んだと思われたこのクーラーは奇跡的に息を吹き返し、その後も長く使われ続けるのだ。ということは、はじめからタイムマシンを使う必要などなかったのである。我々は意味もなく宇宙を危機にさらし、さんざん苦労して尻拭いをしたにすぎない。「タイムマシンの無駄遣い」以外のなにものでもない。

言いしれぬ情けなさを噛みしめていると、小津がすり寄ってきた。

「今宵は奢ってもらいますからね」

204

「どうしてそういう話になる?」

「だってあなた、リモコンをダメにしたと言って、さんざん僕を虐めたでしょう。でもリモコンはちゃんと直るわけです。だとすれば僕は虐められ損のくたびれ儲け」

「おまえがコーラをこぼしたのは事実だろ」

そのとき私は疑問を抱いた。

「なんだかおかしくないか?」

「何がおかしいんです?」

「おまえが昨日コーラをこぼしたリモコンは田村君が未来から持ってきたリモコンだよな。それを明石さんが今日電器店へ持っていった。それが修理されて未来へつながるのか?」

「そうそう、それで辻褄が合うわけです」

「いやいや、そんなわけあるか。まったく辻褄は合ってないぞ!」

私は廊下のガラクタの山から古い黒板を引っ張りだし、時空を超えたリモコンの移動図を描き始めた。

私がチョークで描いた図は次のようなものである。

昨日、リモコンにコーラがこぼれる

← リモコンが修理される

↓

以降、209号室で使われ続ける

←

二十五年後の田村君が昨日へ持ってくる

←

リモコンにコーラがこぼれる

（以下、繰り返し）

「こいつはいささか妙だなあ」と樋口氏が顎を撫でながら呟いた。もしもこの図の通りであるとすれば、リモコンはあるとき虚空から忽然とこの世界に現れ、この二十五年間という限定された時空を永久にぐるぐる回っていることになる。そんなことはあり得ない。つまり何かが根本的に間違っているのだ。

そのとき、廊下の向こうから明石さんが歩いてきた。

「みなさん。どうしたんですか？」

「明石さん、たいへんなことになったよ」

「こちらもたいへんな発見があったんです」

彼女はそう言って泥だらけの小さなものをさしだした。

それは先ほど大家さんが館内放送で告げた「忘れ物」であった。今朝になってケチャの犬小屋から発見されたが、心当たりのないものだから、きっと昨日撮影にやってきた学生たちの忘れ物であろう。そう大家さんは考えたのである。しかし明石さんはそれを手に取るなり、ケチャが庭で掘りだしたものにちがいないと確信したという。

「これはクーラーのリモコンではありませんか?」と明石さんは言った。

城ヶ崎氏が「まさか」と呟いた。

「俺が百年前の沼に落としたやつか?」

こびりついている泥を洗い落とし、ギチギチに巻きつけられているラップをハサミで切り開くと、見覚えのあるリモコンが現れた。百年前の沼へ送りこまれたリモコンは、そのまま百年間を地中で過ごし、熱心な穴掘り犬ケチャによって掘りだされたことになる。

百年の時を超えた奇跡の再会に我々が言葉を失っていると、羽貫さんが「まだ使えたりして」と言った。

「そんなわけないでしょう。百年も経ってるんですよ」

207　　　第三章　ふたたび八月十二日

「でも見た目はぜんぜん問題ないでしょ」

「なにしろギチギチに巻きつけたからな」と樋口氏が胸を張った。

私はリモコンの電池を入れ替えると、クーラーに向けて電源ボタンを押した。ピッとい

う軽やかな音がして、涼しい風が頬を撫でた。

全員が感嘆の吐息を漏らした。

「つまりこういうことになるわけか」

私はホワイトボードの図を全面的に書き換えた。

リモコンは百年前の沼に落ちる

　↓

そのまま地中で百年経つ

　↓

今朝、ケチャに掘りだされる

　↓

以降、２０９号室で使われ続ける

　↓

208

二十五年後の田村君が昨日へ持ってくる

リモコンにコーラがこぼれる　←

それはじつに百二十五年におよぶ壮大な時空の旅路であった。

うっかり小津がこぼしたコーラによって壊れるという、馬鹿馬鹿しいほどあっけない最

期も、かえって「運命」というものを強く感じさせた。

『時をかけるリモコン』ですね」

明石さんが呟き、少し恥ずかしそうにした。

○

終わりよければすべてよし。あとは打ち上げるばかりである。

「たぐいまれな焼き飯愛好家」を自任する樋口清太郎は、ゆるぎない意志の籠もった声で

「真夏の焼き飯こそ青春の夕ごはん」と言った。「たぐいまれな麦酒鯨飲家」を自任する羽

貫さんは、流れ星にお祈りするような口調で「麦酒！　麦酒！　麦酒！」と言った。

209　　　　第三章　ふたたび八月十二日

そういうわけで、焼き飯と麦酒がしばしば出会う地点、出町柳の中華料理店で打ち上げをすることになった。

正面玄関から外へ出たとき、私は忘れ物に気がついた。

「相島さんの眼鏡！」

城ヶ崎氏がタイムマシンで百年前へ行っている間、みんなでクーラーのリモコンを探しまわった。そのときに見つけて自室の机上に置き、そのまま忘れていたのである。「すぐ取ってきますから」と皆に言い、私は靴を脱いで引き返した。

ところが階段を上っているとき、二階で大きな音が響き、強い風が階段を吹き抜けた。さんざん聞き慣れた音である。急いで階段を上りきって廊下を覗くと、案の定、田村君がオタオタとタイムマシンから立ち上がるところであった。

「おい、田村君。もう戻ってきたのか？」

「あ、こりゃどうも」

田村君は振り向いて照れ臭そうにした。

「うっかり鞄を忘れちゃったんです。見ませんでした？」

「心配するな。俺がちゃんと預かってる」

私は２０９号室のドアを開けた。流し台の脇にはちゃんと田村君の鞄がある。

手に取って田村君へ渡そうとしたとき、うっかり落としてしまった。衝撃で鞄が開き、唐草模様の手ぬぐいをはじめとするこまごまとした品物が廊下に転がった。「すまん」としゃがみこんだ瞬間、私はひとつの品物から目が離せなくなった。全体的に薄汚れた小さな熊のぬいぐるみである。

「おい、田村君。それはなんだ?」

「これはもちぐまですね」

田村君は品物を鞄にしまいこみながら言った。

「ひとり暮らしを始めるとき、お母さんに押しつけられたんです。四畳半の暮らしは淋しいから持って行きなさいって。べつに僕はいらないんですけどね。お母さんは他にもいっぱい持ってるんですよ。『ふわふわ戦隊モチグマン』とか言って……」

いかに年季が入っていようと、そのもっちりとした尻の曲線を見間違えるはずがない。あの雪に埋もれた馬場の情景が鮮やかに脳裏によみがえってきた。舞い散る雪、明石さんの足跡、雪に埋もれた熊のぬいぐるみ。二十五年も未来からやってきた田村君がどうして同じものを持っているのか——その答えはひとつしかない。

「君は明石さんの子どもなのか?」

「うーん。まあ、そういうことなんですよね」

田村君は鞄を閉じてペロリと舌を出した。

「どうして黙ってたんだ！」

「そんなこと面と向かって言えるわけないじゃないですか」

田村君は朗らかに笑った。「僕にだってタイムトラベラーとしての自覚はありますから
ね。へんなふうに歴史が変わったら自分が困ることぐらい分かってます。『田村』だって
偽名なんです。お父さんが婿養子なんで僕の名字は『明石』ですもん」

「なんということだ」

「お母さんには黙っておいてくださいよ。まだ何も知らないんだから」

「それはいいが」と私は呻いた。「ということは、君はすべて分かっていたのか？　今日
ここで何が起こるか。お母さん、いや明石さんから聞いていたのか？」

「そういうわけでもないんですよね」

田村君はタイムマシンに乗りこみながら言う。

「お母さんは恥ずかしがって学生時代のことをぜんぜん教えてくれないし、お父さんもお
母さんとの出会いについてはほとんど話してくれないですし……『成就した恋ほど語るに
値しないものはない』とか言ってね。だから断片的なことしか知らなかったんです。前も
って教えてもらっていればねえ、僕だってもう少しうまく立ちまわれたと思うんですけど

……とはいえ宇宙の危機は回避できたし、クーラーも救われたし、言うことなしです。終わりよければすべてよし!」

田村君は行き先をセットし、「今度こそ本当にサヨナラです」と言った。

「友人たちが二十五年後で待ってますから。これから出町柳の中華料理店でタイムトラベル成功の打ち上げなんです」

「ちょっと待ってくれ!」

私は慌ててタイムマシンに駆け寄った。

「ひとつだけ教えてくれ。君のお父さんは誰なんだ?」

田村君は西部劇のカウボーイのように人差し指を立てて舌を鳴らした。

「いけません、いけません。それを言ったら未来が変わるかもしれないでしょう。そんな危ないことするもんですか。僕にはタイムトラベラーとしての責任がありますから」

そして田村君はニヤリと笑った。

「未来は自分で摑み取るべきものです」

「モッサリしてるくせにハンサムなことを言いやがる」

「僕、そういうとこあるんですよね」

田村君はギュッと片目をつぶった。あまりにもギクシャクしていたので何をしているの

213　　　第三章　ふたたび八月十二日

か不明だったが、後にして思えばそれはウィンクであったらしい。

「ご健闘を祈ります。いざ、さらば！」

古風な別れの言葉を残して、田村君はふたたび未来へ帰っていった。

しばし茫然とした後、私は相島氏の眼鏡ケースを取って引き返した。正面玄関まで戻ったときには、待ちくたびれた仲間たちから「遅い！」と非難の声を浴びた。田村君とのやりとりは自分の胸の内だけにしまっておくべきだろう。私が眼鏡ケースをさしだすと、相島氏は「これだ！これだよ！」と喜んでいた。

ただひとり明石さんだけが私の様子を不審に思ったらしい。玄関前の砂利道を歩き始めたところで、「何かあったんですか？」と問いかけてきた。

「いや」と私は首を振った。「なんでもない」

○

我々は下鴨幽水荘から夕暮れの下鴨泉川町へとさまよい出た。

タイムマシンのせいで「昨日と今日」という二日間にずっと閉じこめられていたような気がする。

実際、私は押し入れの中とはいえ他の連中より二十四時間余分に生きているの

である。この二日間がおそろしく長く感じられるのも当然のことであろう。

藍色の夕闇に沈む街角の情景も、ときおり吹き抜ける夕風の涼しさも、ずいぶん久しぶ

りに味わうような気がした。

「信じられない。まったく信じられない」

相島氏は歩きながらぶつぶつ文句を言った。

「昨日と今日を行ったり来たりするだけなんてタイムマシンの無駄遣いだ。いくらでも有

意義な利用法があるでしょうよ。せめて歴史的に価値のあるものを持ってくるとかねえ」

気持ちは分かるが相島氏には言われたくない。

「河童伝説の謎は解けましたよ」

私が言うと、城ヶ崎氏が思いだしたように樋口氏に嚙みついた。

「俺はおまえを許してないからな」

「貴君もしつこい男だな。歴史的人物になれたろう?」

樋口氏は夕空に向かって笑った。

「それにしてもクーラーが復活してよかったですね、師匠。まったく一時はどうなること

かと」

「うむ。これで残暑もやりすごせる」

215　　第三章　ふたたび八月十二日

小津と樋口氏のやりとりを耳にして、思わず私は口を挟んだ。

「何のことです？　俺の部屋に入り浸らないでくださいよ」

「いやいや、そんなことをするまでもない」

「どういうことです？」

「貴君の部屋から冷気がこちらへ滲みだしてくるのだよ」

樋口氏によれば、下鴨幽水荘の薄い壁にはあちこちに隙間が空いている。二〇九号室の冷気のおこぼれによって、樋口氏はこれまで快適な夏を過ごすことができたらしい。しかし二〇九号室で長年暮らしていた司法浪人生が引っ越すことになってしまった。そこで白羽の矢が立ったのが階下で暮らす私だったのである。

言われてみれば、二〇九号室が空室になったことをいち早く知らせてくれたのも小津であり、あれこれと熱弁をふるって私を引っ越す気にさせたのも小津であり、一階から二階への引っ越し作業を手伝ってくれたのも小津であった。てっきり京福電鉄研究会追放の件の罪滅ぼしだと思いこんでいた私は、とんだお人好しであったと言わねばならない。

「なーる。そういう仕組みだったのね」

羽貫さんが言った。「どうりであの部屋ひんやりしてると思ったわ」

あっけにとられていると、樋口氏は「貴君」と親しげに呼びかけてきた。

216

「貴君の入門を許そう。これからも末永くよろしく頼む」

明石さんが振り返って「よかったですね」と微笑んだ。

しかし私は曖昧な笑みを浮かべるしかなかった。

これで本当によかったのか？　邪悪な連中の食い物にされているだけではないのか？

私は着実に破滅への道程を歩み始めているのではないか？

小津がすり寄ってきて私の肩を抱いた。

「そういうわけで今後もひとつよろしく」

「おまえは悪だくみしかできないのか？」

「そう言わないで。これもあなたのためを思えばこそ」

小津は例の妖怪めいた笑みを浮かべて、へらへらと笑った。

「僕なりの愛ですよ」

「そんな汚いもん、いらんわい」

私は答えた。

松林を抜けていくと、美しく澄んだ藍色の空がぽっかり広がった。

我々は連れだって土手を下り、鴨川デルタの突端へ向かった。水の音がひときわ大きくなった。船の舳先に立つ船長のように、樋口清太郎がデルタの突端に仁王立ちになった。

北東から来る高野川と、北西から来る賀茂川が我々の目の前で混じり合い、鴨川となって、滔々と南へ流れていく。

ぽつぽつと灯る街灯の光が照り映えて川面は銀紙を揺らしているように見えた。目の前にはどっしりとした賀茂大橋が横たわっている。その欄干では行儀良く並んだ電燈が橙色の光を投げ、輝く車がひっきりなしに行き交う。夕闇に沈みつつある鴨川べりには、犬の散歩をする人や夕涼みをする学生たちの姿がちらほら見える。

飛び石を伝って賀茂川を西へ渡ると、明石さんがひとり追いついてきた。

「みなさん、なかなか歩いてくれませんね」

「打ち上げに行く気はあるのか？　俺はもう腹がぺこぺこで死にそうなんだよ」

焼き飯と麦酒を渇望しながら、私は鴨川デルタを振り返った。

○

218

樋口清太郎はデルタの突端で両腕を広げて周囲の人々に遠巻きにされているし、小津はうっかり川に踏みこんでズボンの裾を濡らし、羽貫さんはそれを指さして「あはは」と笑っている。そんな彼女が川に落ちないように城ヶ崎氏は両腕を広げてハラハラしている。相島氏はひとり佇んで愛用の眼鏡を拭いつつ、思いだし笑いでニヤニヤしている。まったくへんてこな連中だった。

どうして自分はこんな人たちと一緒にいるのだろうと私は思った。

しかしそんな情景を眺めていると妙な懐かしさを感じてしまう。以前にもこんな場面に立ち会ったような気がしてならなかった。すべてが繰り返されているという強烈な感覚、いわゆるデジャヴというやつだろう。

川向こうの街並みの彼方には大文字山が見えている。

「さっきから考えていたことがあるんです」

明石さんが私の傍らに立って言った。

「タイムマシンを使っても過去は変えられないのかも」

まさかそんなわけはない、と私は言った。「過去が変わらなかったのは、明石さんや俺が辻褄を合わせたからだよ。さもなければ樋口さんや小津が好き放題をして……」

「でもみなさん、結局好き放題してましたよね」

そう言われるとたしかにそうなのである。羽貫さんは過去の私たちに堂々と立ち交じって映画撮影を見学していたし、樋口氏はヴィダルサスーンを昨日の自分から盗みさえした。それでも奇跡的に辻褄は合った。むしろ合いすぎたと言えるだろう。

しかしタイムマシンを使っても過去が変わらないとするなら、我々の努力は何だったのか。

「時間は一冊の本みたいなものだと考えてみたんです」

明石さんは藍色の空を見上げながら語った。

「それが過去から未来へ流れていくように感じるのは、私たちがそのようにしか経験できないからです。たとえばここに本が一冊あるとしたら、私たちはその内容をいっぺんに知ることはできません。一枚ずつ頁をめくって読むしかないんです。でもその本の内容そのものは、すでに一冊の本としてそこにある。遠い過去も遠い未来もすべてが……」

彼女が言おうとしていることを私はようやく理解した。

「すべて決まっていたというんだね」

「もしも未来にタイムマシンが発明されるとしたら、そのことは当然その本に書きこまれていると思うんです。だとすれば、そのタイムマシンによって引き起こされる事態も同じくその本に書きこまれている。だから『過去が変えられない』というのは正確な言い方で

220

はないのかもしれませんね。すべてはもう起こってるんです。変えるとか、変えないとか、そういう問題ではなくて」

「しかしそれでは未来になんの自由もないように聞こえる」

「でも未来のことなんて私たちは何も知らないわけですから。何も知らなければなんでもできます。つまりそれは自由ということではないでしょうか?」

「いや、少なくとも田村君が生まれることは知ってるよ」

明石さんは「たしかに」と笑った。

「面白い人でしたね。なんだかもう懐かしいです」

それからしばらく、明石さんは鴨川を眺めながら考えこんでいた。

何を悩んでいるのかと訊ねると、先ほどの自分の考えに従うと、映画「幕末軟弱者列伝」のストーリーが変わってしまうというのである。

たしかにあの映画では、幕末へタイムスリップした主人公・銀河進によって明治維新が阻まれる。明石さんの説に従うなら、タイムスリップした先で銀河進がどんな暴挙に出ようが明治維新は避けがたいというストーリーになるだろう。「ひょっとして撮り直すつもり?」と訊ねると、明石さんは「まさか!」と笑った。

「それはそれ。私は新作を撮りたいです」

221　　第三章　ふたたび八月十二日

「うん、そのほうがいいと思う」

「先輩が昨日仰っていた四畳半をさまよう人の話」

明石さんは言った。「あれがいいと思うんですけど」

そのとき天啓のごとく、素晴らしいタイトルが閃いた。

『四畳半神話大系』というのはどうだろう」

明石さんは「いいですね」と顔を明るくした。

あともうひとつ映画になりそうなアイデアがある。昨日と今日で下鴨幽水荘で起こった

こと、つまり田村君とタイムマシンをめぐる騒動を映画にしてしまえばいいのである。下

鴨幽水荘で撮影すればいいし、田村君以外のキャストはすべて揃っている。

「タイトルはどんなのがいいかな」

「もう決めています」

「どんなタイトル?」

『サマータイムマシン・ブルース』です」

明石さんは「いいでしょう?」と微笑んだ。

222

○

「四畳半神話大系」と「サマータイムマシン・ブルース」。

彼女の映画製作を今後も手伝えるのは喜ばしいことだ。必ずや愛すべきポンコツ映画に育て上げ、サークルのボス・城ヶ崎氏を顔色なからしめる所存である。

しかし最も差し迫った問題は「五山送り火」の件なのである。

私は昨日八月十一日の夕方、明石さんを送り火見物に誘って承諾を得た。

しかしそれは八月十二日の明石さんに「昨日の私を誘ってください」と頼まれたからである。かくのごとく主体性のカケラもない約束が男女間で有効だとは到底思われない。その一方、八月十一日時点の明石さんの立場に立つなら、あくまで私が主体的に誘ったように見えたはずである。その段階で私の誘いを受諾したという事実からは、「そもそも明石さんは私を憎からず思っている」という判断が引きだせよう。しかしながらすでに明石さんは知っている――八月十一日の自分を誘ったのは八月十二日の私であり、しかもその私は八月十二日の明石さんの提案に従ったにすぎないという事実を。だとすれば、現在の明石さんが昨日の誘いを本気にしてくれるわけがない。

鴨川デルタに目をやると、ようやく小津たちがこちらへ向かってくる。

「みなさん、早く打ち上げに行きましょう！」

明石さんは彼らに声をかけて大きく手を振った。

彼女の横顔を見つめながら、私は田村君の言ったことを考えていた。

田村君の両親は学生時代に出会ったという。母親が明石さんだとして、父親はいったい

何者なのか。我々のよく知る人物か。それとも未知の人物か。

そんなの俺の知ったことか、と腹の底から言いたくなった。

時空の彼方まで延々と連なる、変わり映えのしない四畳半の大行列。昨日は今日とそっ

くり同じで、今日も明日とそっくり同じで――かくのごとき不毛な反復とは今日をかぎり

にサヨナラしたい。私は大きく息を吸って、明石さんに声をかけようとした。

そのとき彼女が「先輩」と囁いた。

「五山送り火はどこで見物します？」

○

その夏の夕暮れを私は決して忘れないだろう。

かくして我らの夏は終わっていく。それは二度と繰り返されることはなく、たとえタイムマシンを使っても取り戻すことはできない。

私と明石さんの関係がその後いかなる展開を見せたか、それはこの稿の主旨から逸脱する。したがって、そのうれしはずかしい妙味を逐一書くことは差し控えたい。読者もそんな唾棄すべきものを読んで、貴重な時間を溝に捨てたくはないだろう。

成就した恋ほど語るに値しないものはない。

初出　カドブンノベル　二〇二〇年六月号〜八月号

著者／森見登美彦（もりみ　とみひこ）
1979年奈良県生まれ。京都大学農学部卒、同大学院農学研究科修士課程修了。2003年『太陽の塔』で日本ファンタジーノベル大賞を受賞しデビュー。07年『夜は短し歩けよ乙女』で山本周五郎賞、10年『ペンギン・ハイウェイ』で日本SF大賞を受賞。主な著書に『四畳半神話大系』『有頂天家族』『夜行』『熱帯』などがある。

原案／上田　誠（うえだ　まこと）
1979年京都府生まれ。劇作家、演出家、脚本家、構成作家。劇団ヨーロッパ企画代表。「サマータイムマシン・ブルース」は2001年初演、05年に映画化された。18年には続編「サマータイムマシン・ワンスモア」を上演。17年「来てけつかるべき新世界」で岸田國士戯曲賞受賞。森見登美彦原作のアニメ「四畳半神話大系」「夜は短し歩けよ乙女」「ペンギン・ハイウェイ」で脚本を担当。

四畳半タイムマシンブルース
（よじょうはん）

2020年7月29日　初版発行

著者／森見登美彦
（もりみ　とみひこ）
原案／上田　誠
（うえだ　まこと）

発行者／青柳昌行

発行／株式会社KADOKAWA
〒102-8177　東京都千代田区富士見2-13-3
電話　0570-002-301（ナビダイヤル）

印刷所／旭印刷株式会社

製本所／本間製本株式会社

本書の無断複製（コピー、スキャン、デジタル化等）並びに
無断複製物の譲渡及び配信は、著作権法上での例外を除き禁じられています。
また、本書を代行業者などの第三者に依頼して複製する行為は、
たとえ個人や家庭内での利用であっても一切認められておりません。

●お問い合わせ
https://www.kadokawa.co.jp/　（「お問い合わせ」へお進みください）
※内容によっては、お答えできない場合があります。
※サポートは日本国内のみとさせていただきます。
※Japanese text only

定価はカバーに表示してあります。

©Tomihiko Morimi, Makoto Ueda 2020　Printed in Japan
ISBN 978-4-04-109563-8　C0093